「……っ、すごいな、おまえの中は。私を逃がすまいと、縋りついてくる」（本文より抜粋）

DARIA BUNKO

獅子皇帝とオメガの寵花

かわい恋

ILLUSTRATION 羽純ハナ

ILLUSTRATION
羽純ハナ

CONTENTS

獅子皇帝とオメガの寵花

Prologue

川の水はまだ冷たいが、足首が隠れる程度の浅瀬なら心地いい。

ヤハナン王国の片隅にある田舎《いなか》の村にも、春が訪れていた。

マキナは石の間を泳ぐ川魚を上流に向かって追いながら、清らかな水の流れの中をゆっくり歩いていく。

「タムタム、そっちの黒い岩の右側で網を構えてろ」

マキナが振り返って指示をすると、七歳になる弟のタムタムは草を編んで作った網を水の中に構えて頷《うなず》いた。泣き虫のタムタムは、さっきも転んで膝《ひざ》をすりむいて大泣きしたばかりだ。

弟といっても、マキナは赤子の時分に母が亡くなって村の商家に引き取られたので、タムタムと血は繋《つな》がっていない。母は赤子のマキナを抱いてふらりと村に迷い込んできた、身寄りのない女だったという。

マキナは自分が十歳のときに産まれたこの弟を、とても可愛《かわい》がっている。タムタムも村中の憧れの的である自慢の兄に、べったりくっついて離れないほど懐《なつ》いていた。

マキナは精霊のように美しい顔形を持ちながら、村の少年たちの中でいちばん気が強くて喧《けん》嘩《か》っ早い。青年たちでさえ、マキナと争うのは避けているくらいだ。

オメガという、男性でも子が産める特殊な性に産まれたマキナは体格こそ同年齢の少年より小柄だが、それを補うような気性の激しさを持っていた。

亡くなった母譲りの黒髪は、切るのが面倒で伸ばしっぱなしで後ろにひとつに纏《まと》めている。野山を駆け回る強靭《きょうじん》な足腰は、少年らしく細かいすり傷がたくさんついていた。

「そろそろ魚たちが瀬に戻るぞ、タムタム。いいか……、ほら！」

ばしゃん！　と足もとの水を蹴ると、上流に向かって逃げていた川魚は、一斉にマキナの足を避《よ》けて下流に戻っていく。

川魚たちは、下流で待ち構えていたタムタムの網の中に面白いように飛び込んでいった。

「すっげえ、兄ちゃん！　またいっぱい獲《と》れた！」

この川魚は、自分たちの住む瀬から遠くには行きたがらないという習性を持っている。それを利用して、ある程度遠くまで追いやってやると、一気に体を反転して自分たちの瀬に戻ろうとするのだ。逃げ道に網を構えてすくい上げる。

だが上手《うま》く導いてやらないと、魚たちは狙った逃げ道を通ってくれない。マキナはこの逃げ道を読み、そこに導くのが抜群に上手かった。

周囲で見ていた友人たちが、感嘆の声を上げる。

「ほんと魚獲りはおまえに敵《かな》わねえよ、マキナ」

「この魚美味《うま》いんだよな。母ちゃんにも喰《く》わせてやりてえなぁ」

マキナは魚籠《びく》に入れた魚を少年たちに差し出した。

「いっぱい獲れたから、みんなも持ってけよ」

友人たちは、やったぁと大きな声を上げる。マキナも友人から木の実や作物を分けてもらったりしているから、おあいこだ。

みんなで川から村への道を戻りながら、来月の村祭りの話題で盛り上がった。

村祭りでは大人も子どもも輪になって踊り、ご馳走《ちそう》を食べ、少年が少女に告白して夫婦の約束を交わす。春と秋、年二回の心浮き立つ祭事である。

「マキナ、祭りは誰と行くか決まってるのか？」

マキナの隣を歩く、村長の息子が尋ねた。

「あー、次の祭りは、おれ発情期に当たりそうなんだよ。出られないかも」

「そうか……」

村長の息子は残念そうにやや顎《あご》を引き、分かれ道で名残惜《なごりお》しげに手を振って去っていった。

もうすぐ十八になる彼は、近頃とても体が大きくなり、大人らしい風格が出てきた。

「あいつ、祭りでマキナに告白するつもりなんだぜ」

「発情期じゃしょうがねえな、可哀想《かわいそう》なの」

少年たちが囃《はや》し立てる。

マキナも薄々、彼が自分に気があるのだと気づいていた。マキナにオメガ独特の発情期が来るようになってから、マキナを見る目の熱量が以前と違う。

年数回の発情期を持つオメガは絶対数が少なく、神子《みこ》として奉《たてまつ》られることも多い。発情期が来れば男でも子を孕《はら》むことが可能となる神秘性が、より男たちを惹《ひ》きつける。

誰もが村長の息子がマキナにふさわしいと思っているのが、周囲の空気から感じられた。

「うるせえよ、知るか。じゃあな、また明日《あした》」

マキナは照れ隠しのように舌打ちして、タムタムを伴って自分の家の方角へ足を向けた。

村長の息子のことは子どもの頃から一緒に遊んでいて嫌いではないが、まだ恋も知らない自分にはそんな空気は気恥ずかしい。

多分、このままいけば誰かと恋をして、夫婦になって子を作るのだろう。それが、あの村長の息子になるかどうかはわからないけれど、いつか好きな人と家庭を持てたらいい。

タムタムが、マキナの服の裾を引っ張った。

「兄ちゃん、オレ、兄ちゃんの花嫁姿きれいだと思うよ」

「ばーっか。気が早いっての」

弟の額を小突くと、へへっ、と鼻を啜《すす》りながら笑うのが愛《いと》おしい。

手を繋いで、家路を歩いた。

およそ数カ月おきに訪れるオメガの発情期には、性欲が溢《あふ》れて止まらなくなってしまう。発情期になると、男を受け入れる部分から誘惑香《ゆうわくこう》と呼ばれる甘い香りを垂れ流し、男を誘う。

誘惑香には他人の欲情を強く刺激する成分が含まれている。だからマキナは発情期になると部屋に閉じこもり、誰とも会わずに過ごす。

発情期は一週間余りで引くが、どうやら次の発情期はちょうど祭りに当たりそうだ。マキナも祭りはとても楽しみにしているが仕方がない。

「あ、いい匂い」

家に近づくと、夕餉《ゆうげ》の支度をしているのだろう、空腹を刺激する匂いが漂ってきた。

「兄ちゃん、この魚も焼いてもらおうよ」

「ああ、塩振ってな」

跳ねるようにして厨房《ちゅうぼう》に駆け出した弟の背中を見送って、マキナは夕焼けに黒々と沈む遠い山の稜線《りょうせん》を眺めた。

代わり映えしない日常を、心から愛している。

マキナの育った村。この村で誰かを愛し、子を儲《もう》け、いずれ静かに老いていく。

村に迷い込んできてすぐに赤子を置いて亡くなった女の遺児であるマキナを育ててくれた、やさしい両親。毎日の酒と、年二回の祭りを楽しみにしている素朴な村の人々。

祭りには出られないかもしれないけど踊りの衣装は作っておこうと、自室に足を向けたとき。

「に、兄ちゃぁん……！」

タムタムが、泣きべそで家から飛び出してきた。

「どうした」

「父ちゃんと母ちゃんが、怖い人たちに……」

それだけ聞いて、マキナは弾《はじ》かれたように走り出した。乱暴に扉を開け、部屋に駆け込む。

肩を竦《すく》ませた両親が物々しい兵士たちに取り囲まれているのを見て、一瞬で頭に血が上る。

「誰だ、おまえら！」

部屋の中の全員がマキナを振り向いた。

兵士たちの中でも特に派手な装飾を施した軍服に身を包んだ、高位の軍人が前へ進み出た。

「お迎えに上がりました、マキナさま」

言葉だけは慇懃《いんぎん》だが、上から見下ろす目つきや威圧的な態度でマキナを蔑《さげす》んでいるのがわかる。こういう態度には怯《おび》えるより反発心で燃え上がってしまう。

「迎えってなんのことだ。だいたい、てめえみてえな軍人に、さまづけされる覚えはねえ」

正面から睨《にら》み上げると、軍人は眉を顰《ひそ》めた。

「口の悪い……。下賤《げせん》な育ちをしたようだ、嘆かわしい」

「うちの家族を悪く言うな！」

自分のことはいいが、育ててくれた両親を貶《おとし》められるのは許せない。

今にも殴りかかりそうなマキナに、男は憤懣《ふんまん》を押し殺したような目で両親をちらりと見た。

「マキナさまを育ててくれたことには感謝しよう。充分な教育を与えられなかったのは田舎だから致し方ない。それは今後我々がなんとかする」

「いい加減にしろ！」

拳を握って思わず身を乗り出したマキナを、両側から兵士が取り押さえる。

「その野蛮な性質も、皇帝に献上する前に矯正《きょうせい》せねば」

「……皇帝？」

聞き間違いかと思った。

皇帝といえば、このヤハナン王国の宗主国であるイビドラの皇帝を指す以外あり得ない。イビドラは多数の従属国を抱える大国である。自国の王家でさえこんな田舎には縁のない存在なのに、なぜそれを通り越してイビドラ皇帝が出てくるのだ。

軍人は心底厭《いと》わしげに、マキナを上から下まで眺めた。

「さようです。あなたさまは、ヤハナン王のご側室であった女性の忘れ形見。ヤハナン王家第六王子になります。王家から姿を消したご側室さまの消息がわからず、探し出すのに時間がかかってしまいました。あなたさまはイビドラ皇帝の後宮に献上されることになります。マキナさまのお役目は、各国のオメガを出し抜いて皇帝の子を授かり、ヤハナンにイビドラの後ろ盾を得ることとです」

突然現れて夢にも思わなかった出生を知らされ、勝手なことを言う軍人に腹の底からふつふつと怒りが沸き上がる。

「ふざけんな！　皇帝かなんか知らねえが、なんでおれが見たこともない男と子作りしなきゃなんねえんだ！　そもそも王子だとか、誰かの間違いじゃねえのかよ！」

軍人が合図をすると、兵士の中から一人が進み出て、一枚の肖像画を差し出した。そこに描かれていたのは、マキナと瓜《うり》二つの美しい女性だった。

「ヤハナン王を虜《とりこ》にしたあなたさまの母君でいらっしゃいます。王のご寵愛《ちょうあい》を一身に受けられたゆえ、正妃と他のご側室から妬《ねた》まれ、心身を病んで王宮から姿をくらましました。この家に残っていた、あなたさまの母君の形見から判断しても間違いありません」

実直な両親は、マキナの母が身に着けていたものを売ることなく、きちんと保管していてくれた。だが見間違いようもないほど自分とよく似た女性の画《え》に、形見の品など確認せずともそれが真実なのだと納得させられる。

「だからっておれには関係ない。子どもとか知らねえよ」

この村を離れたくない。

「あなたさまの意思こそ関係ありません。これは、政治的な話でございます」

「知るか！　殺されたって行かねえ！」

燃えるような目で兵士たちを睨みつける。

マキナの父は、怯える母の肩を抱きながら、震える声で軍人に懇願した。

「マ、マキナは私らの大事な息子です……。どうか連れていかな……ひ、ひいっ！」

両親を取り囲んだ兵士たちが一斉に槍《やり》を向ける。

「やめろ！　父さんたちに手を出すな！」

「あなたさまがこの村に未練があるというなら、火をかけて村ごと滅ぼしてもいいのですぞ」

「そんなこと許されるわけないだろ！」

軍人は冷たい目を光らせた。

「オメガの存在は、都に報告し登録する義務があります。この家の者はその報告を怠《おこた》り、オメガを隠匿《いんとく》した。だからあなたさまの発見も遅くなった。村中で責を負い、罰されても仕方のない重罪です。ですがあなたさまが素直に協力するなら見逃しましょう」

やさしい両親はマキナがオメガだと知って、産みの母がわけありと察してわざと報告をしないでいたのだ。国にとって、田舎の村など守るに値しない。彼らは本当にやるだろう。

青い顔をする両親を見、泣くこともできず入り口から顔を覗《のぞ》かせているタムタムを見、さっき別れたばかりの友人たちの顔を想う。

「…………行きゃいいんだろ。皇帝の子を産めば、村に手出ししねえって約束するな？」

軍人が頷くのを見て、マキナは自分を取り押さえた兵士たちの手を振り払った。

「マキナ……」

泣き崩れる母を見て、胸が痛む。おそらく、他国に行ってしまったらもう二度と会えない。自分だって泣きわめきたいけれど、気丈に笑ってみせた。

「心配すんなって。すぐ子ども作って里帰りさせてもらうから。な、おれの赤ちゃん見たいだろ？　そしたら父さんと母さん、じいちゃんとばあちゃんだ。赤ちゃんの服いっぱい作って待っててくれよ。ほんの何年かだからさ」

さすがに軍人も、もう帰らないだろうと追い打ちをかけて言葉に出すことはなかった。軍人が目で合図をすると、兵士がマキナを取り囲んだ。

「ではマキナさま、外に馬車が用意してありますのでご案内を」

差し出された軍人の手を、思いきり撥《は》ね退《の》けた。

「勘違いすんなよ。連れていかれるんじゃない、おれが自分で選んで行くんだ」

ほんの少し怯《ひる》んで見えた軍人に、ふんと鼻を鳴らす。

兵士たちと家を出るときに、入り口の脇で腰を抜かしたようにしゃがみ込んでいたタムタムは、マキナと目が合うと大声で泣き出した。

「泣くな、タムタム。父さんと母さんをよろしくな。おまえが守ってやれ」

馬車に乗り込む前に見上げた空には、大きな一番星が輝いていた。

1.

〝花〟は美しく、香《かぐわ》しくあれ――――。


「マキナさま」

閨房《けいぼう》指南役であるメイランに背後から声をかけられ、マキナは持っていた閨房指南書を取り落とした。

「あ……」

マキナが見ていたページが開いたまま床に落ちてしまった指南書には、男性の前にうずくまった少年オメガが口で奉仕する図が載っていた。

マキナは真っ赤になって振り返り、メイランをきつくねめつけた。

「びっくりすんだろ、足音殺すなよ」

メイランは表情を変えずに、指南書を拾ってマキナに返した。メイランはオメガの誘惑香に惑わされぬよう、去勢を済ませた従臣である。幼い頃に男の部分を切除したことによって、彼は男性とも女性ともつかない、たおやかな外見をしている。

「マキナさま、言葉遣いは美しく。〝花〟としての自覚を持って、皇帝を誘惑してください」

メイランは声すら優美だ。

「わかってる。皇帝に色目使えばいいんだろ」

ふいと横を向くが、心の中では、粗野な自分よりメイランの方がよほど誘惑に向いているのではないかと思う。

「言葉遣いと所作に気をつければ、あなたさまは誰よりも美しいのですから……」

「わかってるって！」

いらいらして、強い語調でメイランの言葉を遮った。

自分はこれから、宗主国イビドラの皇帝であるアヌマーンの後宮に献上される。イビドラの従属国、ヤハナン王国の妾腹の王子であるマキナには、アヌマーンの子を授かるという使命が課せられているのだ。

獣の血を引くというアヌマーンの子を産めるのは、オメガだけ。そしてマキナは、ヤハナン王家唯一のオメガなのである。

神秘的な黒い髪、濡《ぬ》れたような大きな黒い瞳、花びらのような薄紅色の小さな唇、そして象牙のように滑らかな薔薇《ばら》色の肌。

そのどれもが、ヤハナン王を虜にしたマキナの母譲りである。

田舎育ちであってもマキナの美貌は抜きん出ていたが、ちょっと手を入れただけで、鏡を見れば自分でも驚くほど圧倒的な美麗さである。王宮内を歩くだけで、誰の視線も自分に吸い寄せられた。

王宮に来た当初は長かった髪も、ばっさりと傷んだ部分を落とされて顎の長さに短く切られた。首筋にさらりとかかる髪は童子のような清らかな色香を持っている。

「とにかく、皇帝の子を産めばいいんだろ」

多数の従属国を持つイビドラは、国土の半分が砂地で覆われた灼熱《しゃくねつ》の皇国である。皇帝は代々ライオンに変容できる力を持ち、国民から神と崇《あが》められているらしい。

ライオン以外の獣に変容できる人間は他にも存在するが、中でもライオンは高貴で力強い存在として一目置かれている。

獣に変われる人間の性はアルファといい、オメガと対の性となっている。アルファの数は極めて少ない。そしてそのいずれもがオメガとしか子孫を作ることができない。

獣の血統を絶やさぬため、アルファはオメガと番《つが》う。誘惑香で男を誘い、子種を吸い取るオメガは〝花〟という別称を持っている。

アルファの番《つがい》として、どの国でもオメガは珍重され、大事に囲われていることが多い。ヤハナンでオメガを登録管理しているのもそのせいだ。

アヌマーンの後継ぎを自国のオメガに産ませたいと、従属国では躍起になって美しいオメガを献上しようとしている。

だがいくら美しかろうと、賤《いや》しい血筋のオメガを皇帝に差し出すわけにはいかない。最低でも貴族階級の血筋でなければ。

突然変異でしか産まれないオメガは、アルファ同様極端に数が少ない。マキナが王宮に連れ戻されたのは、そういう理由からである。

皇帝の子を孕めと厳命され、男を悦《よろこ》ばせる手管を学ぶために閨房指南役までつけられた。それがこのメイランである。

「指南書だけ見ていても、わからないことも多いでしょう。本日は実際の閨房術を学ぶため、娼妓《しょうぎ》を呼んであります」

「娼妓……？」

メイランが合図をすると、扉の向こうから男性が二人姿を現した。

一人は大柄で筋骨隆々の雄臭い男、もう一人は小柄で華奢《きゃしゃ》な少年。少年は、どことなくマキナに似ている。

少年がもう一人の男の前に跪《ひざまず》き、服の上から雄茎に当たる部分の下肢《かし》に口づけた。

「…………」

マキナはごくりと息を呑《の》んだ。

メイランは閨房指南役とはいえ、まだマキナに指南書を与えただけである。

突然こんな行為を見せられ、心臓が口から飛び出しそうなほど激しく打った。閨《ねや》ごとの経験のないマキナは、動揺のあまり思わず顔を背けた。

「しっかりご覧になっていてくださいませ。あなたさまもこのようにするのですよ」

　メイランの冷たい手が、背後からマキナの顔を押さえて正面を向かせる。否応なく二人の行為が目に入った。

　少年は男の下穿《したば》きの前立てから半勃《はんだ》ちになった雄を取り出し、マキナたちによく見えるよう顔を傾けて舌を長く伸ばした。赤い舌が印象的に目に焼きつく。

「……っ！」

　男の太い一物《いちもつ》が小さな口に呑み込まれていくのを、呆然《ぼうぜん》と見つめた。

　口の中で先端を転がすようにすると、肉槍は急にむくむくと膨れて天を衝《つ》く。

　――信じられない、あんなに巨大になるなんて……！

　オメガは全体的に小柄で細身の人間が多く、陰茎もその体に合う小ぶりな大きさであることが多い。マキナも興奮状態の雄は自分のものしか見たことがないが、目の前の男のそれは、形も大きさも太さも、自分とはまったく違う。

　肉茎には太く青黒い血管を浮かび上がらせ、傘の開いた先端部分は李《すもも》のように濃く色づいて少年の唾液でぬらぬらと濡れ光っている。凶悪な拷問具のようだった。

　呼吸も忘れて見入るマキナの背後から、メイランが艶《つや》めいた声で囁《ささや》いた。

「見ているだけでは、どのように感じるのかわからないでしょう。どこをどうすれば心地よくなるのか覚えていただくために、わたくしが実際にあなたさまにして差し上げます」

硬直していた体をそっと抱きしめられ、下衣の中で男根がぴくりと震えた。淫靡《いんび》な光景に中《あ》てられて、すでに胸芽が尖《とが》っているのを意識させられる。

「やめろよ……！」

振り払おうとするが、意外な強さで体を拘束された。

「皇帝を誘惑するのでしょう？　手管を覚えてください」

ぎり……、と奥歯を噛《か》んだ。悔しいが、性技に長《た》けたオメガが寵《ちょう》を争う中で、無垢《むく》というだけで皇帝の興味を引けるとは思えない。

男たちが戦場で手柄を競うならば、オメガの戦場は閨だ。いかに皇帝の種を奪い、子を孕めるか。

自分は戦いに行くのだ。村を守るために。

「………わかった」

「これから数カ月かけてわたくしがあなたさまを磨き上げ、閨の作法を仕込みます。マキナさまの美貌に手管が加われば、必ずや皇帝陛下にご寵愛いただけます。では、まずは娼妓の動きを真似してみましょうか」

メイランは力を抜いたマキナの服の合わせ目から棒状のものを差し込み、尖った胸芽をくすぐった。見下ろしたマキナののどがひゅっと鳴る。

メイランが手にしていたのは、興奮状態の男根を模《かたど》った木製の張り型だったのだ。

＊

イビドラへ出立したのは、三カ月後のことだった。その間は言葉遣いや所作を学び、体を磨き上げた。田舎育ちのマキナには、どちらかといえば閨房術よりそちらの方が比重が大きかったといえる。

肌は日に焼けて手も荒れていたし、なによりしとやかな仕草など虫唾《むしず》が走った。それでも村のためと歯を食いしばってメイランに学んだのである。

砂や岩石で覆われた砂漠地帯を抜けて、アヌマーンの住むイビドラ宮殿の後宮へメイランとともにたどり着いた。

宮殿の敷地に入ったところで、広大な庭園の一角にライオンの群れを見つけて驚く。

「敷地内でライオンを飼っているのですか？」

メイランが警護のイビドラ兵士に尋ねると、兵士はああ、と頷いてライオンに目をやった。

「アヌマーンさまがライオンに変化するせいですかね、ここではライオンが番犬代わりですよ。本来ライオンは一頭の雄を中心に群れを作って縄張り争いをしますが、ずっと人間が育ててるせいか、ここのライオンたちは共同で暮らしていますす。でも一応リーダーはいるんですよ。ほら、あそこの鬣《たてがみ》が黒いの」

見ると、黒々とした鬣を持つ雄ライオンが、中心に座っていた。威厳漂う、ひと際大きなライオンである。

（あんな番犬がいたんじゃ、迂闊《うかつ》に脱走もできないな）

マキナは思い、囚《とら》われの身になるのだとあらためて心の中でため息を吐いた。

後宮へ着くなり全裸になって身体をくまなく検査され、武器や毒を隠し持っていないか確認された。マキナの身の回りの世話係としてつき従ってきたメイランも同様である。

それから専用の部屋に通され、数日かけて旅の疲れを癒した。

砂漠国らしく、周囲は乾燥している。だが後宮の庭にはたっぷりと水を湛《たた》えた人工池がいくつもあった。水が貴重なこの国で、皇帝がどれだけ財を誇っているか知れようというものである。

「いいですか、マキナさま。今夜はアヌマーン皇帝との謁見《えっけん》が行われます。後宮内の中央広間に〝花〟たちが集められ、皇帝が夜伽《よとぎ》の花を選ばれます。そこでアヌマーンさまのお目に留まるよう心がけてください」

「オメガの品評会ってわけだ。悪趣味なの」

マキナが鼻を鳴らすと、

「口を慎んでください」

メイランは静かに諭《さと》す。

「本当のことじゃん」

後宮内はそれぞれの〝花〟に割り当てられた部屋があり、移動できる部分は壁で区切られていて、別のオメガとは顔を合わせない作りになっている。壁は厚く、声も聞こえない。

庭を散歩していれば他のオメガとすれ違うこともあるが、みな敵愾心《てきがいしん》をむき出しにしてマキナを警戒するので、話しかけようという気にもなれない。

皇帝は気が向いたときに好きな花を選び、違う部屋を訪れるのだ。謁見の広間を中心に、まさに花びらのように広がった部屋の中に、一人ずつオメガがいる。これが悪趣味でなくてなんだというのだろう。

宮殿生活などというものに縁のなかった自分には、王族の乱れた様式にしか思えない。

「オメガはアルファの気に中てられると、発情することがあります。アルファもしかり。ですので、謁見の際には発情抑制剤を飲んでいただきます。すべての花がその場で発情してしまったら、大変なことになりますからね」

「薬飲んでたら発情できないだろ。いざしようってとき、どうすんの？」

発情せずとも性交はできるだろうが、それではあまりに情緒に欠ける気がする。抑制剤を飲めば、性欲そのものが減退するからだ。

「夜伽に選ばれた花には、抑制剤を中和する薬が与えられます」

「ふーん、抑えられたりまた発情させられたりするんだ。動物じゃないってのに」

嫌悪感しかない。

「ともかく、今夜はあなたさまという新しい花が加わることで、他の花たちも神経質になっているでしょう。花を献上した国への礼もありますから、一度は皇帝が閨に訪れるはずです。それでなくとも、人は新しいものに興味を惹かれるものですので、マキナさまが今夜ご指名を受ける可能性は高いと思われます。実質、あなたさまのお披露目会ということです」

「それで、おれは皇帝だけじゃなく他のオメガにも値踏みされるんだ」

「でしょうね」

簡単に肯定されて鼻白む。

わかってはいても、もののように扱われれば腹立たしい。こんなところで寵の競い合いに参加しなければならないと思うと、うんざりする。だがやらねばならない。

故郷の川や山が恋しい。

幼い頃から野山を駆け回り、自分で獲った木の実や魚を食べ、動物たちと触れ合った。

国のため、などと大袈裟《おおげさ》なことは思えないが、マキナを大事にしてくれた村人たちを救いたい。自分が皇帝の子を産めればヤハナン王国が、ひいては村が引き立てられる。

まさに戦場に赴くような気持ちで臨んできたのだ。

「皇帝がどれだけ偉いか知らないけどさ、後宮にたくさんのオメガ囲って何年も子どもができないなんて、種なしなんじゃないの」

「マキナさま」

メイランの声に諫《いさ》める響きが混じる。だがこんな状況では憎まれ口くらい叩《たた》きたくなるというものだろう。

「こちらに来てから耳に挟んだ程度の噂《うわさ》ですが、アヌマーン皇帝は色事にあまりご興味を示されないとか」

「じゃ、なんで後宮なんか持ってんだよ」

「お子が必要だからでしょう。どの国でも、王家の直系男子は側室なり後宮なりを持つものです」

マキナはつんと横を向いた。

「どうせ好き者のおっさんだろ。いいよ、どんなデブでもハゲでも脂ぎってても、せいぜい媚《こ》びて誘惑してやるさ」

「砂漠の獅子《しし》と呼ばれるアヌマーン皇帝は、精悍《せいかん》で美しいとお聞きしました」

「どうだか。どうせ皇帝の悪口言う奴なんかいないんだから、そんなのわかんないよ」

メイランは声を低くして囁いた。

「どこで誰が聞き耳を立てているかわかりません。特に花たちは、他の花をどうにかして引きずり下ろそうと躍起になっている方もおられると思われます。足をすくわれぬよう、言動には充分ご注意を」

ここはもう敵地も同然なのだ。なにかあれば自分だけでなく、つき従っているメイランにも国にも被害が及ぶことになる。皇帝へは最大限の敬意を払わねばならない。

「わかってるよ、気をつける」

メイランは表情を崩すと、体温がわかるほどマキナの近くににじり寄った。華奢な指で、マキナの頬に触れる。

「わかっていただければよろしいのです。では、今夜に備えてお稽古《けいこ》をつけて差し上げましょうか」

色気の滴《したた》る声音と、指先の冷たさにどきりとした。メイランの手は、いつも冷たい。

彼の言う〝お稽古〟は、色事の訓練だ。

「いらないって……！」

慌《あわ》てて手を振り払うが、驚いた心臓がどくどく鳴っている。

メイランは弛《ゆる》ませた口もとを、手のひらで隠した。面白がっているのがわかり、内心ムッとする。

「なんだよ、からかうな」

「失礼いたしました。緊張をほぐして差し上げようかと」

「緊張なんかしてねえ」

口ではそう言っても、不安や緊張がないはずはない。知らない土地で、ライバルだらけの中で、顔も知らない男を誘惑して子を授からねばならない。

彼なりの気遣いなのだ。

わかっているから、すぐに肩の力を抜いた。

メイランのことは嫌いじゃない。というより、むしろ今では信頼さえしている。

閨房指南役なんてと、最初は頑《かたく》なに馴《な》れ合うのを拒んでいたが、彼は真摯《しんし》にマキナに寄り添ってくれた。今や兄に対するような気持ちさえ持っている。

メイランは姿勢を正すと、マキナを落ち着かせるように言った。

「あなたさまにはひと通りお教えしました。あとは皇帝のご趣味を探り、淫婦《いんぷ》にでも少女にでもなりきるだけです。それに……」

メイランは負けず嫌いなマキナの性格を素早くつかみ、丁寧《ていねい》にマキナを仕込んだ。

男を悦ばせる初々《ういうい》しさを失わぬよう、かといって相手を白けさせるほど怯えぬよう、慎重に嫌悪感を取り除きながら手管を学ばせていった。

マキナに触れたのも必要最低限だけ。手淫《しゅいん》や口淫《こういん》の手ほどきは、マキナには張り型を使わせて本物の雄を触らせることはなかったし、発情すればオメガの後孔は男を受け入れやすくやわらかくなるからと、性具で純潔を散らすこともなかった。だからマキナは本物の男の熱と味はまだ知らない。

だが少なくとも、皇帝に触れられて叫んで逃げ出すことはせずに済みそうである。

からかうように笑いながら、メイランの言葉を引き取った。

「それに、あなたさまは誰よりも美しいから、自信を持て。だろ？」

メイランの目もとが満足げに細まる。

「それでこそ、わたくしのマキナさま。もっとも、知識など無駄かもしれませんが」

「なんだよ、それ」

「アルファ相手の本物の発情の前には、理性など吹き飛んでしまうということですよ」

「よくわからない」

メイランはそれ以上答えず、唇をかすかに横に引いただけだった。

オメガの発情周期は、数カ月に一度である。閨房術を学んでいる期間にも発情期は来た。確かに強烈に体が慰めを欲したけれど、理性を失うほどではなかった。

いくら発情しようと、見も知らぬ男にそこまで欲情するだろうか。普通に相手をするより、発情してしまった方が気が楽ではあるが。

「ま、とりあえず今夜が勝負だよな」

大きく切り取られた窓から明るい空を見ながら、マキナはまだ見ぬ皇帝にどうやって取り入るべきかを考え始めた。

問題は部屋に来てからだ。やることは決まっているのだから、要は褥《しとね》に入る前の雰囲気作りや、事後の会話が重要だ。しかし抱いてつまらないのは論外である。興味を持ってもらわねばならない。

最初は初々しく恥じらって、慣れてきたら、いかにも皇帝の手管に火を点《つ》けられたという態《てい》で大胆に。

「そんなとこか……」

頭で考えるのは簡単だが、実際は経験のない自分に上手くできるかどうか。少なくとも相手は後宮に何人もオメガを囲う性の手練《てだ》れなのだ。

まず自分の武器は初物らしい新鮮さ、初々しさ。それに尽きるだろう。

「ちょっと外の空気吸ってこようかな。いい？」

今夜のことを考えるとじっと座っているのが耐えられなくて、庭に出ることにした。メイランもマキナの数歩後方を歩いてついてきている。

庭からは後宮の隣にある宮殿が見えた。隣といっても、敷地が広いのでかなり遠い。建物は見えるが、窓やバルコニーなどの細かい位置はよくわからないくらいだ。

普段はあそこに皇帝がいるのだな、と思う。

庭に点在する人工池を眺めながらしばらくぶらぶらと散策し、建物の壁沿いに歩いて部屋に戻ろうとしたとき。

「あ」

角を曲がったところで、別のオメガと出くわしてしまった。

マキナとは正反対の金色の長い巻き毛を揺らした女性オメガで、閨でもないのに濃い化粧を施している。

こういう場合、身分的には皇帝の〝花〟として対等なのだから、道を譲るのは自分が格下と認めることだ。

女性は燃えるような目でマキナを睨みつけ、頑として道を譲らぬという意志が視線から感じられる。彼女の従者も同様に、敵愾心むき出しの目でマキナとメイランを見ている。

マキナも気の弱い人間ではないが、別にそれで皇帝の寵が変わるわけでなし、オメガ間での意地の張り合いには興味がない。

おとなしく自分が横に移動し、女性の横をすり抜けようとしたとき、長衣の裾をわざと踏まれて前方に転んだ。

「つっ……！」

「マキナさま！」

メイランが駆け寄り、マキナを抱き起こす。

女性は赤く塗った唇をつり上げ、

「あら、失礼。でも足もとには充分お気をつけになった方がよろしいわよ」

笑いながら去ろうとした。

だが。

「……っと、待てぇ！」

マキナはばねのように立ち上がると、女性の進行を妨げるように思いきり片脚で壁を蹴りつけ、通せんぼをした。

「ひっ⁉ きゃあっ！」

驚いた女性の肩を壁に押しつけ、両側に手をついて囲い込んで正面から睨みつけた。

女性は顔色を失《な》くしてマキナを見返す。マキナは威圧感のある低い声で、脅すように言った。

「てめえ、こっちがおとなしく道譲ってやってんのに、なにすんだ。今てめえが殴られてねえのは、一応おれが男でそっちが女だからだ。でも二回目は容赦《ようしゃ》しねえぞ。殴り返される覚悟がねえなら、喧嘩売るんじゃねえ。わかったか！」

「マキナさま、その辺で」

メイランが強い力でマキナを後ろに引いた。

女性も従者も、壁に背を預けたままかたかたと震えながらマキナを見ている。

もともと喧嘩っ早くて頭に血が上りやすい性質である。自分から喧嘩を売ることはないが、売られるなら話は別だ。

地面に唾でも吐きたいところだったが、さすがにそれは自重する。

「戻るぞ、メイラン」

くるりと背を向けて歩き出したマキナの後を、女性たちに軽く会釈だけしたメイランがついてくる。

背後から、女性と従者の怯えた声が聞こえた。

「な、なによあれ、乱暴な……」

「あんな〝花〟がいるなんて、皇帝陛下もおいたわしい……」

やられたからやり返しただけだ。なにもしていない人間に危害を加える方がよほど乱暴ではないか。オメガの格争いなどくだらない。

ますますここにいるのが嫌になった。

腹を立てながら部屋に戻るマキナを、隣の宮殿のバルコニーからライオンが見ていることには気づかなかった。

さわりさわりと、衣擦《きぬず》れの音が広間に響く。

後宮の中心にある謁見の広間には〝花〟であるオメガたちが集められ、アヌマーン皇帝が姿を現すのを待っている。

初顔のマキナは、今夜のメインとして中心に座らされた。

マキナは透けるほど薄いヴェールの下から、目線だけで周囲を観察した。オメガたちの、自分に刺さる視線を肌で感じる。

(どいつもこいつも、嫉妬深そうな顔してやがる)

マキナは心の中でふんと息をついた。

〝花〟たちは互いに周囲を牽制《けんせい》するような空気を醸《かも》し出しており、とても気軽に言葉を交わせる雰囲気ではない。

みな美しく装い、男も女も、ほとんどが肌が大きく露出する夜着を身に着けている。目立つように派手に化粧を施している者もいた。

――――あなたさまが大輪の百合《ゆり》ならば、他のオメガなど野草に過ぎません。

部屋を出る前にメイランが言った言葉を思い出し、小さく笑う。マキナが田舎育ちのままだったら、彼らの足もとにも及ばなかったろう。

けれど入念に磨き上げられた今は、野草とまでは思わないものの、この広間でいちばん美しいのは自分だと自信を持って言える。

メイランの情報が確かなら、色事に興味が薄いという獅子皇帝が美貌だけで釣れるとは思わないが、大きな武器になるに違いない。

どれほど待たせるのだろうといささか苛立《いらだ》ち始めたとき、後宮つきの宦官《かんがん》が扉の前に立って高い声を上げた。

「アヌマーン皇帝陛下がお見えになられます。全員、お控えを！」

広間に緊張が走る。

マキナも顔を伏せた。全員の意識が扉に集中する。

どくん、と心臓が大きく波打った。

（なんだよ、これ……）

扉は音もなく開いたのに、顔を上げなくとも圧倒的な存在が姿を現したのを感じる。肌が粟《あわ》立《だ》ち、つま先から脳天までふるりと身を震わせた。

うなじの毛が逆立つような、ここから逃げ出してしまいたくなるような、これは――恐怖？

気配が近づいてくる。

どくん、どくん、と鳴る心臓の音が耳に響いてうるさい。伏せたマキナの視界に、皇帝のつま先が映る。

「陛下、こちらが新しい〝花〟でございます。ヤハナン王国の第六王子、マキナさまでいらっしゃいます」

しばらくの間を置いてから、重々しい声が降ってきた。

「顔を上げよ」

それだけで、心臓が縮み上がったようにきゅうっと痛んだ。なぜ？

そろそろと顔を上げ………、呼吸すら止まった。

——なんという力強さ！

太陽に焼かれた褐色の肌に、砂漠の神の化身のような砂色の髪。高い鼻梁《びりょう》を挟んで完璧な対称を描く、強い眼光を湛える瞳は高貴な琥珀色《こはくいろ》。

長衣を着ていてもわかる堂々とした体躯《たいく》は、たくましい筋肉の存在を感じさせる。なにより野性的な荒々しさを持った顔立ちが、獣に変化する人間なのだと否が応にも納得させられた。

肉食獣に差し出された小動物のように、本能的に被食者の諦観《ていかん》に心が浸されていく。

「マキナと……、申します……」

それだけ言うのがやっとだった。宦官が紹介してくれてよかった。皇帝と顔を合わせたらこう言おう、ああしようと思ったことなど全部吹き飛んでいる。

体の芯に火が点《とも》ったような熱を感じる。暴れ出したいのに、抑えられているような。

アヌマーンはマキナの顔を、なにかを探るようにじっと見つめる。

マキナを観察しているアヌマーンに、宦官は不審げに尋ねた。

「陛下、今宵《こよい》の伽はこちらの花でよろしいですか？」

アヌマーンは精悍な顔に薄い笑みを浮かべ、頷いた。

「いいだろう、今宵はおまえに……」

言いかけた瞬間、脳髄を刺激するような甘い香りが漂ってきた。

マキナにも覚えのある香り。これは……、誘惑香？

自分ではない。

香りのする方を振り向くと、先ほど庭でマキナを転ばせた女性オメガが、頬を紅潮させて身《み》悶《もだ》えていた。

「アヌマーンさまぁ……」

すでに欲情に蕩《とろ》けて舌足らずに皇帝の名を呼ぶ。

女性は這《は》うように近づいてくると、アヌマーンの足もとに取りすがって身をくねらせた。

「おねが……、お願いします……、わたくしにお情けを……」

広間中のオメガが動揺し、空気が揺れた。

宦官が慌てて女性を引き剥《は》がす。

「い、いけませんぞ、薬をお飲みになりませんでしたな……！」

そういうことか。

おそらく、嫌がらせに失敗したマキナに皇帝を奪われると焦《あせ》って、発情抑制剤を飲んだふりをしていたのだ。いや、いくらアルファの前とはいえ都合よく発情するとは限らないから、逆に発情薬を飲んだのかもしれない。

アヌマーンは女性を見て、忌々《いまいま》しげに目を細めた。

「私は姑息《こそく》な人間は好かぬ。広間から連れ出せ、しばらく私に顔を見せるな」

厳しい言葉に、女性が悲鳴を上げる。

「いやぁっ、アヌマーンさま！　わたくしはただ、あなたさまのことをお慕いして……！　離してぇっ！」

女性は宦官に引きずられるようにして広間を出ていった。

明らかに怒りを滲《にじ》ませたアヌマーンを刺激せぬよう、オメガたちは息を潜めて顔色を窺《うかが》っている。

張りつめた空気の中、アヌマーンがマキナを見下ろした。

「今宵はおまえを花開くわけにはいかなくなった」

「え？」

アヌマーンは目もとの険しさを残したまま、口端だけをつり上げる笑い方をした。

「他のオメガの誘惑香で兆《きざ》した者に純潔を奪われるなど、おまえの自尊心が許さないだろう？」

カッ、とマキナの頬が染まる。

アヌマーンが広間を出て行ってから、やっとオメガたちがざわつき始めた。といっても誰も他と口を利《き》かないので、さきほどのオメガ女性に対する批判とアヌマーンの態度への賞賛を、口々に呟《つぶや》いているだけだ。

中にはアヌマーンに手を触れられなかったマキナを、袖にされたと言わんばかりに馬鹿にする視線もあった。

だが自分にとっては、少なくともマキナを欲情を解消する道具として扱わなかった、アヌマーンなりの礼儀を感じる。本当に傲慢《ごうまん》なら、マキナの体で欲を散らしたはずだ。体は誘惑香で反応していると、はっきり言っていたのだから。

それで見直すほどではないにせよ、好色でオメガをもの扱いする皇帝という思い込みは早計だったかもしれない。

「なんだよ……」

田舎育ちの自分は、すぐに他人をいい人間だと信じそうになる。他のオメガたちを出し抜かねばならない後宮で、その性質は美徳にならない。気を張らねば。

アヌマーンを見たときに体の芯に点った熱を持て余し、マキナは両腕で自分を抱きしめた。


なんとか自室にたどり着いた瞬間、マキナは絨毯《じゅうたん》の上にくずおれた。

「マキナさま！」

急いで駆け寄ってきたメイランに、触るなと手で合図をした。メイランは探るような目をしながら、慎重に距離を開ける。

アヌマーンを見た瞬間に体奥に生まれた熱は、すぐにマキナの全身を包んだ。肌が妖《あや》しくざわめき、腰が甘く疼《うず》く。

部屋に戻る間にも疼きはひどくなり膝が崩れそうになったが、案内役の女官につき従われていたので、みっともない姿は見せまいと凛《りん》と顎を上げて歩いてみせた。

「今夜は……、伽はない……」

かろうじてそれだけ言うと、メイランはわかっていると頷いた。

「お聞きしました。他のオメガが発情してアヌマーンさまを誘惑しようとしたことで、陛下がお怒りになって今夜は居室に戻られたと」

夜伽役に選ばれれば、使者が部屋つきの従者に皇帝の来訪を告げる。

今夜はマキナが有力候補だったので、使者がひと足先にメイランに伝えてくれたのだろう。

は、は、と短く息をつきながら、マキナは熱くなった体を絨毯の上で震わせた。

「発情されているようですね。抑制剤をお飲みになったのに」

抑制剤は、謁見の前にメイランの目の前で飲んだ。

「初めてアルファに会ったオメガは、大抵《たいてい》そのような状態になります。抑制剤がなければ、もっと激しい性の渇きに悶絶《もんぜつ》しているところです。オメガ特有の初病と言われるもので、まぐわいの恐怖を取り除き、アルファを受け入れやすくするための本能と言われますが……、初病状態のあなたさまを味わっていただけなかったのは残念ですね」

「聞いて……ねえ……」

そんなことは初耳だ。

メイランはひっそり笑った。

「戸惑うあなたさまの方が、初々しくて陛下もお喜びになると思ったものですから」

「ふざけんな……」

「そのままではお辛《つら》いでしょう。わたくしが指と舌でお慰めしましょうか？」

「……っ、いらねえ！」

メイランの言うことが本当なら、抑制剤がなければ今頃は理性を吹き飛ばして乱れているはずだ。

おそらく目の前のメイランに泣いて縋《すが》って、宥《なだ》めてもらうしかなかっただろう。今でさえ、誰でもいいから触れてほしくてたまらないのだから。

メイランはマキナに近づくと、肩に腕を回した。

「さわるな！」

振りほどこうとしたが、腕に力が入らない。

「寝室までお連れするだけです。ここより落ち着いて欲を鎮《しず》められるでしょう」

他人の体温を感じれば、欲望が狂おしく募《つの》る。

メイランの薄い唇を奪い、存在しない雄を咥《くわ》えたい衝動に理性を振り絞って耐えた。やっとベッドに寝転んだときは、着ているものを破いてしまいたくなった。

「では、なにかご用事がありましたらお呼びください」

メイランは部屋を出ていく前に一度だけマキナを振り返った。

部屋は扉でいくつかに仕切られていて、オメガのための寝室の隣に従者用の寝室がある。なにかあればいつでもメイランを呼べる。逆に、側《そば》にいると知っているから、呼ばないようにするために存在を極力頭から追い出さねばならない。

「くそ……」

震える手で、下穿きを脱いだ。

双丘にきつく食い込ませた下帯を外すと、発情したオメガの淫孔《いんこう》から染み出る蜜液の甘い香りが寝室に広がった。

性交を滑らかに促《うなが》すオメガの蜜液は、その名の通り香りも味も蜜のように甘い。自身の香りに酔ってしまいそうになる。

すでに高く頭を持ち上げている雄蕊《ゆうずい》をつかむと、刺さるような快感が精道を走った。

「は……っ、あ……」

夢中で肉茎を扱《しご》き立てる。

赤い花弁を散らした、皇帝のために準備された褥で。

華やかに飾られたいつもと違う褥は、いやでもアヌマーンの存在を思い出させる。淫熱に支配された頭に、アヌマーンの瞳がよみがえる。

まさにライオンと同じ、食らいつかれそうな鋭い双眸《そうぼう》。あの瞳に見つめられれば、自分はきっと手足を投げ出したウサギのようになってしまう。

「あ……、食べて……」

頭の中で、アヌマーンとライオンの姿が重なる。組み敷かれ、貫かれながらのど笛を噛み裂かれる想像に、恍惚《こうこつ》としながら白濁した粘液をシーツの上に飛び散らせた。

「あぅっ、あ、あぁ——……っ、っ」

びゅるびゅると数度にわたって吐き出された精は、赤い花弁を淫《みだ》らに汚す。

それでも足りず、マキナはためらいながら後ろに手を伸ばした。

「う……」

慎《つつ》ましく窄《すぼ》んだ後孔《こうこう》を指の腹で撫《な》でると、そこはぬるぬるに濡れて今にも口を開きそうだった。

——ここを、アヌマーンのもので貫かれる。

たくましい雄を思い描くと、後孔にきゅうっと力が入った。

彼の男根はどんな形だろう。閨房指南の最中に何度か見た、少年を貫いていた男の剛棒のようなのだろうか。色は。太さは。

「ばかっ……」

なにを考えているのだ。

自分でも驚くほど、頭の中がアヌマーンとの淫らな妄想で埋め尽くされている。

おかしい、こんなの。

発情期でさえ、漠然とした想像で処理するだけだった。身近な友人や村の男を対象にすることなどなかったのに。

なぜ、会ったばかりのアヌマーンのことばかり考える。彼がアルファだから？　最初から体を開く相手として意識していたから？

「ちくしょう……」

頭を振っても、目を閉じても開いても、アヌマーンの視線が目の前にちらつく。

あいつがいけないんだ。

あんな目をしているから。あんな…………魅力的な目でマキナを見るから。欲しくなってしまう。自分を見て、触れて欲しいと思ってしまう。

アルファがこんなに気持ちを鷲《わし》づかみにされてしまう存在だと思わなかった。不公平だ。オメガはこんなに苦しくなるのに、あいつは簡単に背を向けて出ていった。きっと一人で適当に処理をして眠ってしまうのだろう。

自分は到底欲情の波が引きそうにない。今夜はずっと淫欲に悩まされるのだろうと本能でわかる。

「くぅ……、う……」

耐えられず、いちばん長い指を後孔に潜り込ませた。そこはするりと指を受け入れ、手のひらがぴったり尻につくほど奥まで簡単に呑み込んでいく。

濡れた淫肉の熱さに驚いて、思わず小さな悲鳴を上げた。こんなに熱い自分を知らない。

「なんで……っ」

村にいた頃は、発情期でも後孔を使った自慰をしたことはなかった。

メイランに閨房指南を受けて初めて、指で自分を犯すことを覚えさせられた。曰《いわ》く、後宮にはアヌマーン以外の完全な男は立ち入れない。男根の代わりになりそうな道具や形状のものも置かれないから、自分を慰める術《すべ》を覚えておいた方がいい。

なにより、床で男をより興奮させるために、手管のひとつとして覚えておけと。

皇帝を悦ばせるための淫らな見世物になれと言われ、心を捨てて手ほどきを受けた。村のためならなんでもしてやると、羞恥心などかなぐり捨てて。

怒りに身を震わせていたときでさえ、自分の内側はこんなに熱くなかった。

「くそ、熱い……」

目を開けていられず、閉じたまぶたの裏にアヌマーンの面影がこびりついている。

（全部おまえのせいだ）

すべての責任をアヌマーンに押しつけて、欲情の波に身を任せた。

もうなにも考えられない。

挿《さ》し入れた指をぐるりと回し、敏感な肉壁をなぞる。

「あああっ……！」

激しく指を出し入れするたび、ぬちゅっ、ぬちゅっ、と水音が立って蜜液が飛び散る。

アヌマーンの指はもっと存在感があるのだろうと思うと、ためらわず二本目を挿し入れた。

「うあっ……、ああ……！」

淫孔が引き伸ばされ、痛みに近い快楽に最後の理性が焼き切れた。

「いいっ、あああ、アヌマーン……、アヌマーン……！」

敬称をつけることも忘れて名を呼びながら、無我夢中で後蕾《こうらい》をかき混ぜた。もはやマキナの目にはアヌマーンの残像しか映っていない。

自分を犯す指はアヌマーンのそれだ。妄想の中でアヌマーンに体を開かれ、燃えるような快楽の中で獣のように雄叫《おたけ》びを上げている。

「もっと……！」

奥に欲しい。

腹の奥が疼いて、そこを穿《うが》ってほしいと蠢《うごめ》いている。

そんなところを突かれる快楽などまだ知らないのに、オメガの生殖器官が熱い精を待っているのがわかる。

「あ……、来て、来て、おねが…………、ああああぁぁっ……！」

全身を硬直させて、また精を放った。

出しきって、弛緩《しかん》した体を褥に沈み込ませる。

「は……、は、あ……」

達する瞬間に締めつけてしまった指が痺《しび》れている。透明の糸を引きながらずるりと抜くと、濡れた指は甘くマキナを誘った。

蠱惑《こわく》的な香りに頭がくらりとした。

「ん……」

気づけば、指に絡《から》みついた蜜液を仔猫《こねこ》のように舐《な》め取っていた。

「あまい……」

それがどれだけ淫猥《いんわい》な行為かまったくわからず、本能の赴くままに。

甘さに浸って、夢見心地で舐め続けた。

そうしながら、今度は反対の手の指を後孔に潜り込ませる。

「……んんぅ」

妄想の中で、再びアヌマーンに犯され始める。

後ろから貫かれ、すでに快感を知った自分は恥ずかしげもなく腰を振って奥まで受け入れるのだ。

実体のないアヌマーンに何度も何度も自分を犯させ、やがて意識は暗く沈んでいった。

――その夜は、ライオンに喰われる夢を見た。

2.

「退屈……」

ふぁ、とマキナは大きなあくびをして窓の外を見た。

「マキナさま」

「はいはい、誰が見ていなくとも所作は常に美しく、だろ」

もう何十回聞かされたか。

皇帝と謁見してから、数日が過ぎた。その間は呼び出しも再びの〝花〟選びもなく、淡々と日々を過ごしている。

なにもやることがなくて、退屈だ。

待遇はとてもいい。食事は充実しており、部屋も居心地よく整えられている。衣服も調度も豪勢だし、欲しいものは言えば調達してくれるという。皇帝の子を産むかもしれない愛妾《あいしょう》なのだから当然とはいえ、オメガがとても大事にされているのはわかる。

正直、もっと道具のような粗雑な扱いを受けると思っていた。覚悟してきたのに、いささか拍子抜けした感はある。

しかし、いかんせん退屈はどうしようもない。

気を紛《まぎ》らすものといえば、カードやボードゲーム、本くらいしかない。話し相手はメイランだけ。踊りははしたないと言ってメイランに禁止され、人工池で泳ぎたいと言ったら呆《あき》れられた。

池は景観と財を誇るためのものでしかなく、誰も水浴びに使ったりしないという。海も川も遠いので、この辺りのほとんどの人間は泳ぐこともできないらしい。

川べりの村で育ったマキナには、泳げない人間がいるということさえ信じられない。

せめて外を走り回りたいのに、愛妾らしくしとやかに過ごさねばならず、それも叶《かな》わない。

「他のオメガは、みんななにして過ごしてんの？」

不思議議である。

「皆さま同じですよ。室内でできる遊戯を楽しまれるか、書を嗜《たしな》まれるか。美しい体型を保つためにマッサージをされたり。楽器の練習をされる方もいらっしゃるようですね、ときおり音が聞こえるでしょう」

言われてみれば、日中はかすかに笛や弦楽器の音が聞こえることがある。

村で祭りのときに誰かの笛や打楽器の音に合わせて踊ることはあっても、自分では楽器を使ったことのないマキナは、気にしたこともなかった。

「ご希望であれば、なにか楽器を習うことはできると思いますが」

「うーん……、考えてみる」

こうも暇だと、縁のなかったことでもやってみようかという気になる。

「楽器はよくて、なんで踊りはダメなんだよ」

「踊り子の真似ごとなど、妃《きさき》になられるかもしれない方がすることではありません」

「ふーん」

大して興味もなく相槌《あいづち》を打った。

踊り子は娼婦の代表的な仕事のひとつである。欲情を煽《あお》るように踊ったあと、客のために褥の中でも踊るのだ。

この後宮のオメガだって、皇帝のための娼婦みたいなものではないか。だったら、男を誘ういやらしい踊りを身に着けたっておかしくない。そんなことを言ったら窘《たしな》められるのはわかっているから、口には出さないけれど。

「あとは……」

メイランの視線が、かすかに色を含む。

「退屈を紛らすためと言ってはいけないかもしれませんが、皇帝のために閨ごとの訓練をされている方もおられます」

いるだろうな、と思う。

単純に、発情期で辛いオメガもいるだろう。皇帝以外の男に抱かせるわけにはいかないから、従者が相手をすると想像がつく。

オメガについている従者は、女性か去勢済みの男だけだ。メイランのような。

「必要があれば、いつでもお声をおかけください」

からかうでもなく言うメイランに、軽く頷きを返した。それが彼の仕事のひとつであると、理解している。頼む気はないけれど。

マキナはまたぼんやりと窓の外を眺めた。

あまりにやることがないと、どうしても直近で衝撃を受けたアヌマーンのことを思い出してしまう。

ひと目見ただけで強烈に目に焼きつく存在感。

彼を見た瞬間に体奥に生まれた熱を、あの夜は持て余して苦労した。戦場に臨むような気持ちでいた覚悟が、敵に抱擁《ほうよう》されて空振りしたような妙な気分だ。

しかもアヌマーンに抱かれる想像で、ほとんど気を失うまで自慰を繰り返した。

思い返すと、簡単にアルファの気に中てられて溺《おぼ》れてしまった自分が情けなくて恥ずかしい。

翌日、日が高くなってから目覚めたとき、メイランによってすでに体を清拭《せいしき》されていたことも顔から火が出そうだった。

いまだアヌマーンの瞳を思い出すだけで、体が火照《ほて》る気がする。

「…………ばーっか！」

気持ちを切り替えるため、自分の両頬を叩いて頭を振った。ついつい頭に浮かんでしまうアヌマーンの面影を振り切りたい。

「そんなにご退屈なら、散歩にでも参りますか」

「行く」

即答し、メイランと二人で庭に出た。

オメガが勝手に歩いていいのは、後宮の敷地だけ。

敷地の周囲と宮殿に繋がる道にはライオンを連れた警備兵がおり、常に歩き回って見張りをしている。

敷地は広く、人工池は大勢で泳げそうな大きなものから、水たまりかと思うほどのものもある。

そこここに緑が植えてあり、空気がきれいで居心地がいい。

メイランとともにぶらぶらと歩いていると、前方の小さな池の水を、黄褐色の猫が舐めている現場に遭遇した。

メイラン以外の人間は近くに見当たらないが、一応外なので言葉遣いを丁寧にしてみる。

「大きな猫ですね」

「猫……、とは、少し顔立ちが違うように見えますが」

メイランの言葉に猫をよく見ると、体は大きな猫程度だが、確かに少々いかつい顔をしている。耳も手足も丸みがあってしっかりと太い。

これは……。

「ライオンの仔！」

わかった瞬間、マキナの顔がぱぁっと輝いた。

「ちょ……！　メイラン、おれこいつと遊びたい！　誰も来ないか見張ってて！」

しとやかさを装うことなど一瞬で吹き飛び、うずうずする胸を押さえながらそっと仔ライオンに近づいた。

動物は大好きだ。村では牛や馬や鶏の世話を喜んでし、犬猫ともよく遊んだ。リスやウサギや小鳥などの小動物もマキナにはよく懐いた。

だがさすがにライオンの仔を見るのは初めてだ。成獣なら危険すぎて近づくことはできないが、このくらいの大きさなら。

メイランはマキナの退屈に同情してか、おとなしく見張りを引き受けてくれた。

そろそろと歩きながら、仔ライオンに声をかける。

「よーしよし。怖くないからな」

仔ライオンは知らない人間に警戒することもなく、つぶらな瞳でマキナを見ている。人に慣れているらしい。よく見れば革製の首輪をしている。誰かが飼っているのだろう。もっと近づいても大丈夫そうだ。

怯えさせないよう極力体姿勢を低くし、やさしい声で話しかけながら静かに歩く。

「こんなことなら、おもちゃのひとつでも持って来るんだったたな。ほら、おいで」

腰帯の飾りにつけていたやわらかい布を巻いた手を伸ばし、鼻先でひらひらと動かしてみる。仔ライオンがぴくりと耳を動かして指先に釘《くぎ》づけになった。

案の定、仔ライオンは仔猫と同じで、動くものに興味を惹かれたようだ。手を右、左、と動かすたびに視線ごと頭を動かすのが可愛い。飛びかかろうと、腰を低くして尻を揺り動かしている。そんな仕草も仔猫そっくりだ。

一瞬止まって、上方に向けてひょいっと手を持ち上げると、仔ライオンは弾かれたように飛び上がって両手でマキナの手をつかんだ。

自分に引き寄せて、逃がさないぞとばかりに急いでマキナの指先を咥える。

「あははっ、可愛いなぁ、おまえ」

噛ませているのとは反対の手で、顎からのど、胸を通って腹まで撫でてやると、仔ライオンは白い腹を晒《さら》しながらごろごろと転がった。毛がふわふわで、生後ほんの数カ月と思われる雌《めす》ライオンだ。

マキナの手をおもちゃにして、かぷかぷと噛みながら抱き寄せる。

「喰いちぎられないのですか」

メイランはマキナに傷がつくのを心配してか、そう尋ねる。

「大丈夫だよ。人に慣れてるみたいだから、本気で噛んだりしない。せいぜい軽い引っかき傷くらい」

念のため布を巻いているが、これなら必要なさそうだ。

甘噛みでじゃれつく姿が可愛くて、何度も手を持ち上げては飛びつかせた。

抱きしめて頬ずりしたり、マキナが仔ライオンの首根に噛みつく真似をしたり、思いつく限りさんざん遊んだ。

やがて遊び疲れた仔ライオンは、マキナの膝の上でうとうとと目を閉じた。仔ライオンの額を指で往復すると、ぴくぴくとひげを震わせる。

「めちゃくちゃ可愛いなぁ、こいつ。名前なんて言うんだろう。誰が飼ってんのかな、また遊びたいな」

久しぶりに純粋な気持ちで遊べて、心が洗われた気がした。

首輪を見ると、先端に指環《ゆびわ》のような小さな金の環を着けている。内側に名前が彫ってあるかもしれないが、首輪の革紐《かわひも》が太いので内側はよく見えない。

「そんなに気に入られたのでしたら、マキナさまが動物を飼いたいとおっしゃっていると宦官にお伝えしましょうか？」

「あー……、うん、ありがとう。でもこいつのこと気に入っちゃったから、他の動物をすぐにって気にならないや」

可愛いからおれも欲しい、なんておもちゃみたいで気が引ける。それに、人間同士に限らず人間と動物でも相性はある。

たとえ別の仔ライオンを飼っても、マキナと相性がいいとは限らない。動物にも性格や好き嫌いはあるのだ。

ふと仔ライオンが目を開けると、耳をそばだてる仕草をした。

首をくるりとねじって後方を振り向き、ぴょんとマキナの膝から飛び起きて走り出す。

「あっ」

慌てて立ち上がって仔ライオンの後を追いかける。

仔ライオンはきれいに刈り込まれた植え込みの下をくぐって、反対側に消えた。マキナが植え込みを回って覗くと、人影があってどきりとする。

「あ……」

仔ライオンが頭をすり寄せる背の高い人物は、アヌマーン皇帝その人だった。

マキナの後ろをついてきたメイランとともに急いで拝礼し、地面に膝をつく。

なぜ皇帝が後宮の庭に。いや、ここは彼専用の場所なのだから、いてもおかしくないのだが。

まさか突然目の前に現れるとは思ってもいなかったので、驚いて心臓がどくどくと脈打っている。先日の謁見のあとに自室でしてしまった行為を思い出し、体中を血が巡って頭がかぁっと熱くなった。

アルファの存在を感じれば勝手に体奥が疼き出し、腰がむずむずする。誰かの部屋を訪れるところなのだろうかと思ったら、胸がちくりとした。

膝をついたまま顔を伏せるマキナに近づいてきた仔ライオンが、すんすんと鼻を鳴らしながら頬辺りに鼻先を押し当ててくる。拝礼などわからぬ仔ライオンは、マキナの具合が悪いのかと心配してくれたようだ。

可愛らしい仕草にきゅんときて、安心させるように首を撫でた。

「大丈夫。ありがとう」

囁いて、仔ライオンの頭にキスをした。

「おまえ、ライオンが恐ろしくはないのか」

重々しい声でアヌマーンに話しかけられ、仔ライオンを撫でながら顔を伏せたまま答える。

「まだ子どもですゆえ。牙も小さく、猫と変わりません」

「花たちはみな上流階級の出身だから、動物は好かぬものと思っていたがな。他の花はユンファを見ても怯えるか、毛がつくと嫌な顔をして避ける者ばかりだ」

仔ライオンはユンファというのか。

しとやかさを装うならマキナも怯えて見せるべきなのだろうが、ユンファに対する裏切りのようでそんなことはできない。短い時間でこんなに懐いてくれているのに。

「わたくしは幼少期に体が弱かったので、空気のよい田舎で育ちました。他の花君たちに比べ粗野に思われたら恥ずかしゅうございますが、動物と戯《たわむ》れて過ごすことも多かったのでございます」

別に体は弱くなかったが、そこは方便だ。

アヌマーンが小さく笑った声がして、どきりとした。なにか言葉を間違えたか？

「拝礼はいらぬ。立て」

そろそろと顔を上げてマキナが立ち上がると、遊んでくれると思ったか、ユンファがマキナの膝辺りに飛びつく。

抱き上げると、マキナの頬を長い舌で舐めた。ざらざらしていて温かい。

「顔を舐められても嫌ではないか。私のライオンと知って媚《こび》を売っているわけではなさそうだな」

「そのようなこと……」

広間で謁見したときと違い、アヌマーンは穏やかそうな笑みを浮かべている。あのときは厳しい人間に思えたのに、印象が違ってどきどきした。

正面に立つと皇帝の背は高く、小柄なマキナの目線は彼の胸くらいしかない。

アヌマーンが手を伸ばしてきたので、ユンファは体をひねってそちらに移動しようとした。

マキナが手渡すと、ユンファはアヌマーンの顔も舐め始める。愛《いと》しげに目を細めたアヌマーンの表情に、胸がずきりとするほどときめいた。

（こんな顔するんだ……）

自分が動物好きのせいか、動物にやさしい人間を見ると親近感を持ってしまう。アヌマーンは自身がライオンに変化できるから、ライオンに特別な愛情を持っているのだろうか。姿かたちはまったく違うのに、親子のようにさえ見えた。

「こやつは後宮の庭が好きでな。池が多いせいだろうか、遊び場と思っているらしい。ときどき宮殿から脱走してここへ来ることがある。花たちが怯えてはいけないから、そのたび私もユンファを捕まえにくるのだが」

「では、また会えるかもしれないのですね」

ユンファと。

また会えるときのために、次からはなにかおもちゃになるものを持ち歩こう。

アヌマーンはかすかに目を見開くと、うっすらと口もとを綻《ほころ》ばせた。そしてマキナの頬に手を伸ばす。

「そんなに嬉《うれ》しそうな顔をすると、可愛くなってしまう。先日は中断してしまったが、今宵は私の相手をするか?」

体温が頬に触れて、心臓が飛び出しそうになった。

驚いて思わず身を引いてしまう。

「あの……っ、ユ、ユンファに会えるつもりで……！」

そっちの意味で言ったつもりじゃなかった！

そしてすぐ、失礼だったと気づいて慌てて取り繕う。

「あ、いえ……！　陛下にお会いしたくないというわけではなく……」

アヌマーンはマキナの反応を面白がったのか、笑みを深くした。

「触れようとした手を避けられたのは初めてだ。私よりライオンがいいか。ならば獣の姿で抱いてやろうか」

頭に血が上ってうまい返しが思い浮かばない。ただでさえ、自慰のときにさんざん思い出してしまった人物が目の前にいて動揺しているのに。

冷静になれず、からかわれているのだとはわからなかった。

ただ頭を占めるのは、これ以上失礼にならないようにという思いだけだった。

「へ、陛下のお好きに……」

とっさに言ってしまってから、自分の言葉の意味を理解して真っ赤になった。

これでは獣姦《じゅうかん》に同意したも同然ではないか！

言葉を失くしたマキナを見て、アヌマーンは今度こそ声を立てて笑った。

「なんとも……、面白いな、おまえは。さすがに私も獣の姿で人と交わったことはない。真《ま》に受けずともよい」

言いながら、ユンファを抱いたまま片腕でマキナを抱き寄せる。

間にユンファがいるので密着するということはないものの、近づけばアヌマーンから甘い香りがして胸が高鳴った。下腹がきゅんとする、マキナが今まで嗅いだことのないどこか官能的な香りだ。

アヌマーンは動けずにいるマキナの髪に唇を落とし、肩を抱いた手をするりと上腕に滑らせた。服越しの体温に心臓が跳ねあがる。

「そんなに私の側にいるのが緊張するか？」

息がかかるほど間近で囁かれ、顔が熱くなった。

どうして。

他人に触れられても平静を保てるよう、メイランとさんざん修行したのに。アルファと初めて接触すると初病という状態になると聞いたけれど、それは過ぎたはずだ。

もともと気は強い方だ。この男以外だったら、婀娜《あだ》っぽい仕草であしらうことも、気の利いた返答もできる自信がある。

なのに、なぜ恥ずかしがりやの小娘みたいに頭が空っぽになって言葉が出てこない？

こんなのは違う。自分じゃないみたいで戸惑う。

「…………申し訳ありません」

顔を伏せたまま、蚊の鳴くような声でそれだけ言うのが精いっぱいだった。

ユンファがアヌマーンの腕から伸び上がって、マキナの顎下にちょんと鼻先を押しつけた。撫でて欲しいのだろうと、ユンファの頭から首を手でやさしく往復する。

顎下をくすぐると、心地よさそうにごろごろとのどを鳴らした。

アヌマーンとうまくしゃべれないので、ユンファがいてくれてよかった。会話がなくとも間が持つ。

「おまえは変わっているな」

「え」

「他のオメガは、機会があれば私に自分を売り込むことに懸命になる。部屋へ誘わぬのか？ 今なら、ユンファともっと遊びたいから来てくれと言えば、私はそうするかもしれぬぞ」

本来なら、オメガの方からそう誘うべきなのはわかっている。マキナが一向に動かないので、皇帝自ら水を向けてくれている。またとない機会だ。

アヌマーンは明らかにマキナに興味を持っている。頷くだけでいい。彼はマキナの部屋へ来るだろう。

でも……。

「恐れながら……、この仔を利用するようで、お誘いできかねます」

邪気のない目でマキナを見上げるユンファを、出しに使いたくない。子どもの前で破廉恥な行為をするような後ろめたさがある。

「そうか」

アヌマーンはマキナの肩から手を離した。自分で断ったくせに、熱が離れたのを寂しく感じるなんて。

かすかに残念に思う気持ちを、心に押し込める。

アヌマーンは両腕でユンファを抱き直すと、信じられないことを言った。

「では私の部屋に招待しよう」


「皇帝陛下は、あなたさまを大層気に入られたご様子」

部屋に戻るなり、メイランに服を剥《は》がれて風呂に突っ込まれた。

「正直、アヌマーンさまを部屋にお誘いしなかったときは、あとでお説教をして差し上げなければと思ったものですが」

アヌマーンとマキナの側で控えながら会話を聞いていたメイランにしてみれば、相当苛立っていただろう。

ユンファというい い媒体がいながら活かそうとせず、あまつさえ皇帝からの誘いを無下《むげ》にしようとしたのだから。

「ごめん」

メイランはマキナの肌を流しながら、首を横に振る。

「いいえ、今回はよい結果になりました。皇帝のお部屋に呼ばれるなど、なかなかあることではありません。他の花たちから一歩抜きん出たと言ってよいでしょう」

それに、とメイランは続けた。

「アヌマーンさまは、マキナさまの控えめな態度と恥じらう様子をお気に召したようですね。とすれば、娼婦よりは少女の態で寵を受ける方向で攻めるのがいいかもしれません。もっとも、昼は清純な顔を見せる妻が、夜は大胆に振る舞うことを喜ぶ夫も多いですから、一概には言えませんが。そこは陛下の反応を見て探ってください」

畳み掛けられ、少々鼻白んだ。

「ちょっとガツガツしすぎじゃねえ?」

「いいえ!」

メイランがカッと目を見開き、マキナは湯の中でびくっとした。

「これは大きな機会なのですよ。お子を授かるには、寵を受けられる回数が多ければ多いほど確率が上がります。陛下はあの仔ライオンをことのほかお可愛がりになっていらっしゃるようですので、あなたさまはお嫌でしょうが、仔ライオンを口実にしてでも陛下のお部屋に通える算段をつけてください」

そう言われると、反発心がむくむくと膨らむ。

「そういう目的じゃなくても、おれユンファと遊びたいし」

メイランは鋭い目を向けた。

「それで構いません。マキナさまのそういうところを、陛下はお気に召してくださったのでしょうから。ですが、目的をお忘れになりませぬよう。あなたさまは、ヤハナン王国を背負っているのです。きれいごとで勝ち抜けますか。村が大事なのでしょう。では、仔ライオンと遊ぶ目的は別として、体で皇帝を誑《たぶら》かしてきてくださいませ」

メイランが正しいことはわかっている。遊びに来たのではないのだ。

「……わかってるよ」

きれいなだけではいられない。

恋も、温かな家庭も、王子だと知らされて自ら王宮に乗り込んでいったときにすべて諦めた。

自分にだって夢があった。村で仕事をして、いつか好き合う人ができて、子を産んで賑《にぎ》やかに暮らすのだと。

赤子のときに母親と死に別れた自分は、好きな人との間に産まれた子にたくさんの愛情を注ごうと思っていた。

そんなささやかな夢は、突然現れた王宮の遣いによって奪われた。でも大好きな村のため、自分にできることがある。

「もし他の花に遅れを取っても、第二夫人、第三夫人の座を狙うという手もありますが、やはり長子を儲けて正妃になれるに越したことはありません。後継ぎが産まれた時点で他の花たちは国に帰される可能性もあります」

そう言われれば、気を引き締めないわけにはいかない。あの歳《とし》まで皇帝が子に恵まれなかったのは、出遅れているマキナにとって僥倖《ぎょうこう》なのだ。

メイランはマキナの体を入念に確認すると、美しい絹の衣を着せかけた。

気持ちが落ち着く薬湯だというものをもらい、飲むと体の芯が温まった。

「ではマキナさま、幸運をお祈りします」

メイランの目は、まるで弟の初陣を見守る兄のようだった。


宦官に案内され、後宮と宮殿を繋ぐ回廊を歩く。

日が落ちかけ、天はすでに紺色の絨毯に光をちりばめたように星が瞬《またた》いているのに、地平に近い部分はまだ真っ赤な夕日の名残りがある。美しい時間帯だ。

故郷の夕焼けを思い出す。

このくらいの時間になると、家々から夕餉の香りが流れてきて、空腹を刺激するのだ。仕事で疲れた体を、男たちは酒で癒した。

山も川もあったマキナの村は、食べものに困ることがなかった。

みんな今頃、楽しく夕餉を囲んでいるだろうか。育ての両親は。友人たちは。可愛がっていたタムタムは。

守るから。

あの生活は、自分が絶対に守るから。だからみんな、幸せに過ごしていて。

「ここは皇帝の居室へ直接繋がる専用通路になっております。アヌマーンさまの代において、ここを歩く〝花〟はあなたさまが初めてでございます」

どきん、とした。

まさか、アヌマーンの居室に呼ばれたのは自分が初めてなのか。

「あなたさまは美貌ぞろいの〝花〟の中でも抜きん出てお美しいので、必ず陛下がお側に呼ばれるとわたくしも思っておりました。いや、これは世辞などではございませぬぞ。もちろん美貌のみならず、マキナさまの内側から滲み出る気品が……」

急にマキナに媚び始めた宦官に、少々呆れた気持ちになる。

彼の中で、マキナは妃候補の筆頭に躍《おど》り出たに違いない。今から媚を売っておこうという算段が透けて見える。

後宮の広間では、宦官は〝花〟より身分が低いとはいえ、取りまとめ役として居丈高《いたけだか》な空気さえ出していたように思う。

村にいた頃のマキナだったら、こういう態度の変化に嫌悪感しか持たなかったろう。だが今は、宮殿という特殊空間において、彼なりの処世術なのだと理解できる。それで親切にしようとまでは思わないが。

誰しも自分の立場があるのだ。

そう思わなければ、自分のしていることも肯定できないのだと、後ろめたさに蓋《ふた》をする。

「どうぞ、マキナさま」

宦官がうやうやしく扉を開けると、皇帝の居室に続く手前の間と思われる部屋に出た。正面の重々しい豪奢な扉の両側に護衛兵が立っている。

護衛兵が頷き、宦官が居室の扉を叩く。

「アヌマーンさま。マキナさまをお連れいたしました」

すでにアヌマーンは承知しているのだろう。返事を待たずに護衛兵によって扉が両側に開かれた。

目の前には厚いカーテンが幾重にも下がっている。

「ささ、マキナさま。ここから先はどうぞお一人で奥へお進みください。アヌマーンさまがお待ちでございます」

マキナの背後で扉が閉じられた。

緊張しながら、カーテンをくぐって歩いていく。最後の一枚のカーテンを開けた瞬間、心臓が止まるかと思った。

「ひ……！」

正面に、巨大な雄ライオンと雌ライオンがいたのだ。

立派な鬣を持つ雄ライオンの爛々《らんらん》と輝く琥珀の瞳に見つめられ、後ろ手にカーテンを握ったまま硬直する。

部屋は広く、ライオンまでは距離がある。だが少しでも動いたら飛びかかられそうで。

犬ならば、逃げれば逆に追いかけられる。ライオンはどうだ？　腹が減っていなければ人を襲わないと聞いた気がするが……。

雌ライオンがマキナを見ながら、のそりと立ち上がる。こちらに向かって歩こうとしたのを、雄ライオンがのどで唸《うな》って止めた。

（なんで……。まさか……、ライオンの餌にするためにおれを呼んだ……？）

カーテンを握る手が汗ばむ。

あまりの恐怖に、心臓がばくばくして他になにも考えられない。

と、雌ライオンの陰から、ユンファが飛び出てきた。長く細い尻尾をぴんと立て、マキナの足もとに駆け寄ってくる。

「ユ、ユンファ……」

ユンファは嬉しそうに、マキナの脛《すね》に頭をこすりつける。

恐怖の中でそこだけが現実離れして、滑稽《こっけい》な悪夢を見ているような気持ちになった。

雄ライオンが立ち上がると、マキナの心臓がきゅっと縮む。雄ライオンはそのままくるりとマキナに背を向け、反対側のカーテンの向こうへ消えた。

入れ替わるように、被《かぶ》るだけの簡単な白い長衣を纏《まと》ったアヌマーンが出てくる。

「驚かせてすまなかった」

アヌマーンの姿を見て、心底ホッとした。

思わず長い息をつき、崩れるように絨毯の上にしゃがみ込んだ。膝が震えてしまって、脚に力が入らない。

「大丈夫か。すまぬ、おまえが来る前に人型に戻っておこうと思ったのだが、ユンファと遊んでいて遅れてしまった」

「じゃあ……」

さっきの雄ライオンは、アヌマーンの変化した姿だったのか。

ユンファを抱き上げたアヌマーンに腕を引かれ、ようやく立ち上がる。まだ心臓がどきどきして痛い。

アヌマーンはマキナを雌ライオンの側に連れていった。アヌマーンを挟んで、雌ライオンの反対側に座らされる。

「こっちの雌ライオンは、ユンファの母でチュウチャウという。赤子の頃から私が飼っているので、人間に乱暴はしない。じゃれついてくるかもしれぬが、おまえが恐ろしいなら、別の部屋に行かせよう」

「いえ、おとなしいのでしたら……」

よく見れば、チュウチャウは穏やかな目をしている。

「私が獣の姿に変わるのは、その方がライオンたちと意思の疎通《そつう》がしやすいからだ。私を群れの長と認め、よく従ってくれる。だから城周辺の警護も任せられる」

そういうことだったのか。

ライオンを躾《しつ》けて警護をさせるなんて、並大抵ではないと思っていた。だが彼が群れの長というならば納得できる。

「こいつも人間姿の私よりライオンの方が好きらしいから、部屋ではよくライオンになっている」

なあ、とアヌマーンは鼻先をすり寄せてくるチュウチャウの頬に口づけた。

まるで仲のよい夫婦のような様子を見て、ハッとした。

まさか……。

「ユンファは……」

「ん？」

ユンファを抱いたアヌマーンと、愛しげに体を寄せる雌ライオン。もしかして――。

「ユンファは、アヌマーンさまのお仔なのですか？」

アヌマーンとチュウチャウの間に産まれた仔なのではないか。ライオンの姿になれば、交尾も可能である。

アヌマーンは獣を愛する人間なのだ。だからオメガとの間に子を儲けないのだ。きっとそうに違いない！

ほとんど確信を持ってアヌマーンを見ると、彼の顔立ちには不似合いなほど目を丸くしていた。

数秒マキナを見つめたと思うと、ぶっと噴き出すようにして笑い始めた。

「な、なにを……、おまえ……っ、ま、まさかそんなことを思う人間がいるとは……！」

相当おかしかったようで、腹を抱えて体を折り曲げている。

あまりに笑いすぎて息が苦しくなってから、ようやく笑い止《や》めた。それから勘違いに顔を赤くしたマキナの頬を撫でる。

「いや、本当におまえは面白い。私の予想のつかない言動をする」

「申し訳ありません……」

さすがにライオンと契《ちぎ》ったと思ったのはおかしかった。

「謝るな。これほど笑ったのは久しぶりだ。笑いで腹が痛くなるということを、何年ぶりかで思い出したぞ」

楽しげに自分を見るアヌマーンの視線に、乙女のように胸が高鳴った。

さっきライオンだった人が、人間になっても精悍な顔立ちのこの人が、マキナにこんな表情を見せる。

アヌマーンは目を細めると、すいと顔を近くに寄せてきた。

「で、私よりユンファを好きなおまえは、人型よりライオンの姿で抱いて欲しいんだったか」

あのときは慌てていて同意するようなことを言ってしまったが、さすがにライオンとするのは抵抗がある。

からかわれているとわかっているが、どうやらアヌマーンは初々しいマキナを好みらしい。

少しは怯えた演技をしてみせねば。

「ご冗談を……」

やや顔を伏せて、困惑したふりをする。

アヌマーンは笑いながら、マキナの顎をすくって顔を上向かせた。

「しとやかなふりをする必要はない。知っているぞ。おまえが相当気が強くて活発な人間だということは」

内心、うろたえた。

謁見から、後宮の庭で会ったときのこと、この部屋に入ってから今までの自分の言動を急いで振り返ってみる。

どれも素の自分ではなかったはずだ。自分でも驚くほどアヌマーンの前ではおとなしくなってしまっていた。

「なぜそのようなことをおっしゃるのですか」

傷ついたふうを装ってみるが、アヌマーンは笑い飛ばした。

「見ていたからだ。おまえが他の花に転ばされて、やり返していたところを」

動揺が顔に出た。

馬鹿な。あのとき他に人はいなかったはず。

「謁見のときは猫を被っているのか探っていたが、アルファの気に中てられていただけのようだったな。庭で会ったときも、演技ではなく気恥ずかしがっているのがわかった。その前に、ユンファと遊び転げていた人物と同じとは思えないほど初々しくて愛らしかった」

「なんで……」

ユンファと遊んでいるときも、周囲をメイランに見張ってもらっていた。だから田舎で猫と遊んでいるときのように、服も表情も気にせず笑い転げていた。

アヌマーンはにやりと笑った。

「ライオンの視力は、人のそれとは比べものにならぬ。ライオンに変化した私には見えるのだよ。宮殿のバルコニーから、後宮の様子が」

あっ、と心の中で叫んだ。

後宮の庭からも、宮殿は見える。けれど距離があるから、細かい様子まではわからない。

だが見えるのだ。遠くの獲物を捕らえるための肉食獣の目には。

「おまえは後宮にいる花たちの中で飛び抜けて面白い。私の前で演技をしているかどうかくらいはわかる。活発な様子と、私に見せるもの慣れぬ姿。どちらも本当のおまえだ」

なんと答えてよいかわからず、口を噤《つぐ》んでいた。

自分の中身がばれてしまっているのなら、今さら取り繕っても無駄だ。

アヌマーンの瞳に妖しげな色が宿る。

「おまえは不思議だな。誰よりも神秘的な美しい顔をしていながら、中身はただの少年のよう。他にどんな顔を隠している？」

アヌマーンの顔が、やや傾けられた。

「もっと色々なおまえの表情が見たい」

そのまま、魅惑的な厚みのある男らしい唇が近づいてくる。突然のことで上手に構えることもできず、きゅっと目を瞑《つぶ》った。

「ヒギャッ」

二人の間で押し潰されそうになったユンファが、苦情の声を上げた。

ほとんど触れるほど近づいていた唇が、重なることなく離れた。

「すまない、ユンファ。痛かったか」

ユンファは不満げにぐぅと唸ったが、すぐに前脚で顔を洗い始めた。

アヌマーンはかすかに笑って、ユンファから手を離す。

「さて。ユンファと遊びたいんだったな。私の長話につき合わせても気の毒だ」

上機嫌なアヌマーンは抱いていたユンファをマキナに渡すと、立ち上がって部屋の隅に置いてあった毬《まり》とおもちゃを持って戻ってきた。

それをマキナに渡し、チュウチャウを促して扉の方へ歩いていく。チュウチャウはおとなしくアヌマーンの後についていった。

「どちらへ……」

「私がいては素を晒してユンファと遊べぬだろう。この部屋は朝までおまえが使ってよい。私は別室で休むとしよう。遊び疲れたら、ユンファとあのベッドで眠って構わない」

「え……」

アヌマーンの指差した先には、皇帝のものと思われる大きな天蓋《てんがい》つきのベッドが置かれていた。

信じられない。

本当に伽《とぎ》はなしで、ユンファと遊ばせるためにマキナを呼んだのか？

ユンファと遊べるのは嬉しいが、こんな状況はまったく想定していなかったので戸惑う。

「待ってくだ……、あ……っ！」

突如《とつじょ》、熱い衝撃が腰から脳天を駆け抜けた。

床に手をついたマキナを、部屋を出ていきかけたアヌマーンが振り向く。

「どうした」

「あ……、あ、あ……、や……、なに……」

頭の後ろがじわりと熱を持つ。

甘い疼きの奔流《ほんりゅう》が腰奥から湧《わ》き出し、あっという間に毒のように全身を駆け巡った。

「やぁっ……」

仔猫のような甘えた鳴き声を漏《も》らして絨毯に沈んだ。

後孔からぬめった体液が溢れ出て、脚の間をしとどに濡らす。蜜液独特の甘い香りが漂い、嫌でも発情していると知れた。

（どうして……！）

発情期はまだ先だ。

アルファに感応して発情するにしても、こんなに突然強く欲情したりしないはず。初病のときだって、部屋に戻るまでの時間をかけて欲情が強くなっていった。

アヌマーンに抱き起こされれば、人の体温が引き金となって、体の中が爆発したように感じて大きく痙攣《けいれん》した。

「たすけ……っ、たすけて……！」

腰から腹まで焼けた棒を突っ込まれたように熱くて、目の前のアヌマーンにしがみついて助けを乞《こ》うた。

肌が汗で濡れてびりびりする。

服が触れている部分も、アヌマーンの腕が支えている部分も、ひたすら感じてしまってどうしていいかわからない。

涙が溢れて、視界が歪《ゆが》んだ。

アヌマーンが舌打ちするような音が聞こえた。

「発情薬を飲んだな」

「知らないっ、そんな、の、知らない……っ！」

覚えがない。

ふと、風呂のあとにメイランが飲ませてくれた薬湯を思い出した。気持ちを落ち着かせるものだと言っていたけれど。

（あれだ）

きっとあの中に発情薬を混ぜていたのだ。

今度こそアヌマーンと体の繋がりを持たせるために。

「ごめ……なさ……、こん、なの……、する……つもりじゃ……」

苦しくてしゃくり上げながら、アヌマーンの胸を押して体を離そうとした。でもまったく手に力が入らない。

アヌマーンは眉間《みけん》に皺《しわ》を寄せてマキナを抱きしめ、怒りを押し殺したような声で囁いた。

「まったく……、大事にしてやろうと思っていたのに……」

がっかりさせてしまったのだ。

謁見の間にいたオメガのようなことをしてしまったから。

「ごめん……、なさい……」

「どうやら薬を盛られたようだな。おまえのせいではない」

アヌマーンはマキナを抱き上げると、チュウチャウにユンファを連れて別室へ行くよう命令した。

賢い雌ライオンは、ユンファの首を咥えて部屋を出ていった。

「こんな形で不本意だが、花開きするしかないようだ」

額に口づけられ、マキナは熱病にかかったように体を震わせた。

3.

ベッドに下ろされるなり、マキナは体勢を入れ替えてアヌマーンに馬乗りになり、情熱的に唇を奪った。

「ん……、ほし……」

熱に浮かされてする、マキナの初めての不器用な口づけを、アヌマーンはベッドに仰向けに寝たまま大人の余裕を感じさせる態度で受け止めた。

ひたすら焦って舌を絡めたがるマキナを上手に宥め、感度のいい部分を探っていく。

巧みな舌使いで口中の敏感な粘膜を余すところなく舐められ、心地よさに吐息が鼻に抜けた。

「んん、う、ん……」

アヌマーンはマキナの舌先をくすぐり、舌の広い面を重ねて角度を変え何度もすり合わせ、甘噛みした。

口も快楽器官なのだと、慣れた男に早くも仕込まれている。

ちゅっ、と音を立てて最後に舌を吸われたあと、ゆっくりと唇が離れた。

「ふぁ……」

マキナは唇を開いたまま、激しい口づけの名残りで震える舌を覗かせている。のどが渇いた仔犬のように、はぁはあと息を切らせた。

「きもちいい……」

アヌマーンはすでにこの状況を楽しむことに気持ちを切り替えたらしく、色悪的な笑みを浮かべている。

「下手《へた》な口づけも愛らしいものだな。初めてらしくて興奮する」

言葉を証明するように、アヌマーンに跨《また》ったマキナの尻の狭間《はざま》に、すでにいきり立った彼の男根の先端が当たっている。

存在を感じたら、マキナの体の中で快楽を欲する獣が暴れ出した。

「はやく、ほしい……!」

キスの余韻《よいん》でうわずる声で叫び、服の上からでも形のわかるアヌマーンの男根の上に乗って腰を揺り動かした。

「あ……、あん、あぁ、いい……、きつい……」

会陰《えいん》部分をこすりつけると、前後するたびに淫孔に下帯が食い込んで、そこもこすられて気持ちいい。

だが同時に、下帯で押さえつけられた陰茎が窮屈で、痛くて苦しい。

オメガの下帯は、帯状の長い布で陰茎を覆い、布をねじって紐状にし、尻の間に通して締め込んだものである。

後ろから見れば、細いねじり紐が尻の狭間を隠しているだけの、臀部《でんぶ》を露出した男を悦ばせる形状だ。

その紐状の下帯が後孔に食い込む心地よさと、解放を望む陰茎の痛みが、どちらもマキナを昂《たかぶ》らせる。

痛みと快楽の両方に翻弄《ほんろう》されて、アヌマーンのたくましい腹に両手をついたまま夢中で腰を振って盛り上がった男根にすりつけた。

きつく締め込まれたねじり紐の間から漏れる蜜液の匂いが、理性を吹き飛ばす。

「あああ……、だめ、だめ、いい……、いた、い、い……、やぁ、ぁ、ぁ、ぁぁぁっ……！」

びくびくっ、と体を震わせ、背をのけ反らせて硬直する。

陰茎を包んだ下帯の布に、生温かい感触が広がった。

「は……、ぁ……」

口中に溜《た》まった唾液をごくりと飲み、息を荒らげながら弛緩した体をくたりと前傾させた。

陰部を覆った下帯の中に、ぬるついた精がたっぷり溜まっている。

滲み出した精液が布の色を変えているのが淫猥だった。

「んん……、脱ぎたい……」

着ている夜着が暑い。びしょ濡れになってしまった下帯も外したい。

袖を通して腰の部分を帯で留めただけの前合わせの夜着は、帯を解《ほど》けば簡単に開いてしまう。

あとは下帯を身に着けているだけである。

「肌を見せろ」

言いながら、アヌマーンがマキナの夜着の腰帯を解いた。

さらりと夜着の合わせが左右に広がり、マキナの全身がアヌマーンの目に晒される。

ほう、とアヌマーンが感嘆した。

「実に美しい」

幼い頃から野山を駆けまわって力仕事もしていたマキナの肉体は、無駄な脂肪が一切なく、適度に鍛えた少年らしい薄い筋肉を美しく纏っている。

それでいて王宮に来てからメイランに磨き上げられた肌は、真珠のように白く滑らかに光り輝いていた。その極上の肌が上気してほんのり染まる様に、アヌマーンも息を呑む。

「愛らしい胸粒だ」

「やうっ…」

快感で尖った小さな胸芽を爪で弾かれ、細いのどを晒して身を竦ませた。色合いの淡さが、男の欲情を刺激する。

胸から腹の平らさも、腰にかけての理想的な曲線も、まるで芸術家の彫り上げた少年像のようだった。

「見事な体だ。究極のオメガの肉体だな」

後宮のオメガたちは体を鍛える習慣がないので、マキナのような体形は珍しいのだろう。男性オメガであっても、少女のような華奢な体つきが多い。

アヌマーンは手触りを確かめるように、マキナの首筋から下に手を這わせていく。胸筋をなぞり、腹筋の割れる筋に沿って撫で下ろし、腰骨を通って臀部をつかんだ。

「ああ……」

尻たぶを揉《も》まれて、甘いため息が漏れた。

アヌマーンの手が通ったところが、もっと触れて欲しいと快楽に疼いている。

「ね……、ね、もう……、いれて、ほしい……」

敬語を使うことなどとうに忘れ、子どものように舌足らずに懇願した。

一度達したのに、まだ陰茎は固さを保ったままで痛々しいし、後孔は熱い楔《くさび》を欲しがってひくひくと震えている。

アヌマーンはほの暗い笑みを浮かべると、マキナの膝を丸く撫でた。

「このまま朝まで抱いてやらなかったら、おまえはどうなってしまうだろうな」

「やだあっ！」

無慈悲な言葉に、涙を散らしながら頭を打ち振るった。

「し……たい……、したい……っ」

淫欲に頭が支配されて、それしか考えられない。

朝までなど放置されたら、悶絶死してしまう。

アヌマーンはうっそりと笑いながら、涙で濡れるマキナの頬を撫でた。

「冗談だ。私の子を孕むかもしれない可愛いオメガに、そんな意地悪はしない。服を脱いでいいか？」

アヌマーンの肌に触れたくてたまらなくなった。褐色の肌が見たい。その温かさを直接知りたい。

マキナが体をずらすと、アヌマーンは上体を起こして長衣を脱ぎ捨てた。ライオンから変わったときに、それだけを纏ったのだろう。下はなにも身に着けていなかった。

眼前に現れた素晴らしい体躯に、胴震いした。

惚《ほ》れ惚《ぼ》れする筋肉の陰影に、力強い長い手足。脇腹に大型獣の爪で引っかかれたような大きな傷跡が走っているのが、危険な色香となって肉体を彩っている。

まさに肉食獣。

導かれるようにふらふらと傷痕に顔を寄せ、舌を這わせた。

「ん……」

傷痕を舌でなぞり上げると、感じてしまって恍惚となる。わずかに色の変わった、他の皮膚と違う舌触り。

一本一本丁寧に往復して、自分の匂いを塗り込めた。

「くすぐったい」

笑いながら、アヌマーンがマキナの頬を取って顔を上げさせる。

開いたままだったマキナの口に舌を挿し入れ、やさしくキスをした。

「おまえの舌は滑らかで心地いい。こっちもできるか？」

自身の男根を差し、軽くマキナの頭を押し下げる。無理じいをする力ではない。

天を衝く角度で頭をもたげる隆々とした男根を見て、マキナはごくりとのどを鳴らした。薬の効果がなければ、こんなものが挿入《はい》るのかと怯えたかもしれない。

だが肌より一段濃い褐色のそこは、発情したマキナの目にご馳走のように映る。

ためらいもせずにむしゃぶりついた。

「んんんっ……！」

熱い！

咥えた瞬間、脳が蕩けた。

舌に感じる塩気のある官能的な味が、マキナの情欲を燃え上がらせる。

メイランから仕込まれた口淫の手順などきれいに吹き飛び、精路の小穴から滲む先走りの淫液を啜り上げた。

「うあ……、ん……、おいしい……」

きつい吸引に、アヌマーンが子どものいたずらを叱《しか》るような顔で笑う。

「こら、きつすぎる。飲みたいなら、もっと下から絞り上げるようにしろ。そこだけ吸っていても精は出ぬぞ」

焦って、散り散りになった口淫の知識をかき集めた。

手で肉茎を上下に扱《しご》きながら、側面から咥えて唇と舌の腹で往復する。茎全体を濡らすように満遍《まんべん》なく。

裏筋の部分は特に丁寧に、舌先を尖らせて。

「ふ……」

顔を傾けると、髪が顔にかかって邪魔だ。唇にかかれば舐めにくい。

マキナがやりやすいようにか、奉仕する顔を眺めたいのか、アヌマーンがマキナの髪をかき上げて押さえてくれる。

「いやらしい顔だ。悪くない」

マキナの淫猥な顔を見て興奮したのか、男根がひと回り膨れた。びきびきと音が立ちそうなほど血管を太らせ、全体が脈打っている。

舌に感じるたくましい血管の太さに、マキナも興奮する。肉食獣に変化する男の怒張は、人間の肉体の一部とは思えぬほど硬い。

肉茎を濡らしきってしまうと、がっしりと張り出した亀頭の傘を舌でぐるりと舐めた。傘の裏側にも舌を這わせ、丁寧に刺激していく。たっぷりと精の詰まった双嚢《そうのう》を揉み上げるのも忘れない。

「なかなか上手い。練習してきたのか」

嫌な顔をするでもなく尋ねてくる。

オメガが色事の知識と技を仕込んでくることなど、ここでは当たり前なのだ。

淫欲でほとんどものが考えられないマキナは、素直に頷いてしまう。

「張り型で……」

「本物の男の味はどうだ」

男の味……。

透明な体液を滲ませる鈴口に、唇を押しつけた。肉茎をつかんだ手を左右に動かし、自分の唇に先走りの蜜を塗りつける。

唇を離すと、卑猥《ひわい》な透明液が鈴口と唇の間に糸を引いた。

淫液で濡れた唇が、紅を差したように赤い。アヌマーンの瞳を見つめながら、唇についた淫液を舌で舐め取った。

「おいしい……」

蕩けた笑みを浮かべたマキナに、アヌマーンの雄の欲情が盛り上がった。

マキナの夜着を引き剥がし、後ろを向かせてベッドに両手両膝をつかせる。頭を押し下げられ、腰をアヌマーンの眼前に高く掲げる格好を取らされた。

冷たいシーツが頬に当たり、火照った顔に気持ちいい。

「いい眺めだな。おまえは尻の形も素晴らしい」

アヌマーンの目には、細くねじった下帯の紐がマキナの双丘の狭間に食い込んでいるのが見えているだろう。

そう思うと、淫欲で埋め尽くされた頭にも羞恥が宿る。

アヌマーンの手が両の尻たぶに置かれ、ぐいと横に引かれた。

「や……！」

狭間を広げられたことで、淫孔の表面をねじれた布紐がより摩擦する。

「甘い香りがする。むせそうだ」

すでにたっぷりと蜜液を零《こぼ》しているから、紐はぐしょ濡れになっている。

紐の上をアヌマーンの舌がゆっくりと往復した。そのもどかしさに、マキナは腰を揺り動かしてねだる。

「やあっ、なめて！　ちょくせつ……！」

そこに刺激が欲しい。

舐めて、広げて、太くて熱いものを挿れて、こすり上げて、奥の奥に熱い精液を流し込んで欲しい！

「初めてだからな。あまり焦《じ》らしては可哀想か」

アヌマーンは親指で紐を少し横にずらすと、半分露出した後孔を舌先でくすぐった。

「やぁぁ、ん、んあ、あ……、や、ゆび……、ゆびにしてっ」

滑らかな舌先ではもの足りない。

すでにねじれた紐で何度もこすられた淫孔は、もっと強い刺激を求めている。

「舐めてと言ったり指でと言ったり、わがままな子だ」

アヌマーンはマキナの乱れた様子に、のど奥で笑う。

「もう少し可愛がらせろ」

言いながら、マキナの体を簡単に表返して仰向けに寝かせた。

手で膝を割って大きく両側に開かせ、貼りつけられた蛙《かえる》のような格好をさせられる。

アヌマーンがマキナの下帯の前面、陰茎を包んだ布を横にずらす。と、先ほど吐精して下帯の中で精液塗《まみ》れになった雄蕊が、ぶるんと飛び出した。

しかもずれた布に押されて、勃起したまま横倒しになって下腹についている。目眩《めまい》がするほど恥ずかしかった。

「やだ……っ」

濡れた雄蕊が空気に触れて冷たく感じる。

「ぬがせてっ、ぜんぶ……！」

こんな状態にされるのは恥ずかしすぎる。

ほとんど理性を飛ばしていても、いやいやと頭を横に振った。

「脱ぐ前に私の体で自慰をして、勝手に達したのはおまえだぞ」

「あ……」

普通の発情なら、もう少し我慢が利いたかもしれない。けれど発情薬で強制的に昂ってしまった体は止められなかった。

ひくっ、とのどを鳴らして涙を零した。

普段が気が強いぶん、一旦崩れると無防備なほど弱くなってしまう。そんな自分が情けなくて、さらに涙が盛り上がった。

アヌマーンはマキナの顔の横に手をつくと、やさしく額にキスをした。そしてぐずる子を宥めるようにほほ笑みながら、頭を撫でた。

「泣くな、悪かった。辱《はずかし》めたいわけではない。私も興奮が過ぎたようだ」

それだけマキナの痴態に感じてくれたのだと思ったら、深くものを考えられない頭は簡単に許してしまった。

下帯を外され、やっと解放されたマキナの雄蕊がすんなりと上に向かって伸び上がる。

「可愛らしいな。形も色もいい」

アヌマーンのものとはまったく違うように見えるけれど、褒めてもらえれば単純に嬉しかった。

唇を重ねられ、再び甘い波に攫《さら》われていく。

「ん……、ん……、っ、あ……」

口づけながら、アヌマーンの指はマキナの胸芽をくりくりと弄《いじ》る。

慣れぬ体は、快感を受けながらキスを続けることができない。思わず唇を離し、額をアヌマーンの肩口に押し当てて胸への刺激に身を任せた。

「んん、あ……、あ、きもちいい……」

アヌマーンの指使いはやさしい。先ほどの詫《わ》びなのか、ひたすらマキナの快感を優先してくれているのがわかる。

耳朶《じだ》を噛まれると、鋭い快感に身を竦ませた。

首筋を噛まれても、じゅんとした痺れが下腹部に生まれる。

「噛まれるのが好きなようだ」

マキナの性感を素早く捉え、反応を見ながら体を探っていく。性に長けた男とはこういうものなのか。

自分がどんどん暴かれていく気がする。知らなかった世界に引きずり込まれ、後戻りを許されないような。

「ああ……、ああ、アヌマーンさま……」

いたずらのように臍《へそ》に舌をねじ込まれたときは、

「ひゃっ」

と声を上げて体を丸めてしまった。

そんな他愛ない遊びにも大人の余裕を感じさせる。アヌマーンがその気になれば、未経験の初心《うぶ》な人間など、容易《たやす》く虜にできるだろう。

アヌマーンの唇が、とうとうマキナの男の部分に触れる。

「あっ……！」

マキナの雄蕊が期待に揺れた。

厚みのある唇が開き、マキナの陰茎をすっぽりと呑み込む。

「あああ……っ！」

そのまま力強く吸引しながら唇で扱かれると、思わず腰が浮き上がってしまう。生命まで吸い出されそうな快楽に、これは〝男〟の口淫なのだと思った。

「や、あ、すごい……、ああああ――――……ッ！」

女性の繊細で丁寧な口淫とは違う。一見荒削りに見えながら、男ならではの的確さで弱点を攻め抜き、すべてを飲み干してしまう快感の嵐に翻弄された。

同時に長い指が後孔に忍んできて、内側からマキナの弱い部分を押し上げる。

「やあああっ、それ、そこは……、されたら、でちゃうっ……！」

叫びを上げれば、指は微妙に快楽のポイントを外し、肉壁をぐるりとかき混ぜる。それはそれで心地いいが、達しそうな波を逃されると、もどかしくて勝手に腰が揺れた。

「う……、ああ……、アヌ、マーン、さま……」

指を増やされながら、達するぎりぎり手前まで感じさせられては逃されるのを繰り返し、とうとう泣き声を上げた。

「もうっ、ゆるして……！　いかせて……！」

体が煮えたぎるように熱い。

指では届かない腰奥のオメガならではの子を孕む器官が、種が欲しいと蠢いている。これ以上引き延ばされたらおかしくなってしまう！

アヌマーンはやっと体を起こすと、マキナの後蕾に雄を宛がった。

位置を合わせ、先端の膨らんだ部分をゆっくりと肉の環に潜らせる。

「う……、んあ……、あ……」

発情したオメガの淫孔は男を受け入れやすくやわらかく蕩けているけれど、アヌマーンくらい大ぶりの雄であれば、そのままでは挿入に激しい痛みを伴ったろう。

アヌマーンは丁寧に指でほぐしてくれた。

どうしてもいちばん開いた部分が潜るときは若干《じゃっかん》の抵抗があったが、事前に広げてもらったおかげで痛みはなかった。

「ああ……、はいって、くる……」

半分ほど挿れたところで、アヌマーンは前傾してマキナの顔の横に手をついた。

琥珀色の瞳に見下ろされ、背筋がぞくぞくと戦慄《わなな》いた。

「しがみつくものがないと辛いだろう。私に抱きついていればいい。爪でも歯でも立てて構わない」

覆い被さってきたアヌマーンの体の、燃えるような熱さに安心する。

広い背中に腕を回すと、ちょうどアヌマーンの首もとがマキナの唇に当たる位置に来た。アヌマーンの首筋から、官能的な汗の匂いが立ち上っている。

香りを吸い込むと、胸がきゅんと疼いた。

アヌマーンがマキナの耳朶に口づけて囁いた。

「おまえとは、発情薬などでなく抱き合いたかったものだな」

きりっと胸が痛んだ。

せっかく気に入ってもらえたのに、もう床に呼ばれないかもしれないと思うと、とても悲しくなった。

ユンファと遊べるのは純粋に嬉しくて、皇帝を誑かさねばならない使命は気が重くて、でもやらねばならないことだった。

だが今はなぜか、これからもアヌマーンに会いたいと思っている。薬のせいでそう思うのだろうか。思考がまとまらなくてわからない。

ただ、悲しかった。

思考を奪う薬は、ちょっとした感情の揺れを敏感に拾って増幅させてしまう。

こんなふうにやさしくしてくれるから、好意が膨らんだような気がするだけだ。

「う……、え……」

感情の振り幅が激しくなっていて、マキナのこめかみを涙が伝う。

アヌマーンはそれを唇で拭《ぬぐ》った。

「辛いのか。もうすぐ楽にしてやるから、安心しろ」

辛いのもあるけれど、涙の理由は違う。けれど説明できる余裕はなかった。

ぐっ……、と雄を押し込められ、内臓を貫かれるような衝撃に悲鳴を上げた。

「ああああっ！」

腰の奥をかき混ぜられ、まぶたの裏に火花が散るような快楽に思わずアヌマーンの背に爪を立てた。

自分の体の奥底が口を開き、雄の先端を包み込もうとしたのがわかる。

「……っ、すごいな、おまえの中は。私を逃がすまいと、縋りついてくる」

「やあっ、ああ、わかんないっ」

腰を引かれ、打ちつけられるたびに視界が明滅した。

長大なものが自分の中を移動する初めての感覚に、ただアヌマーンにしがみついて叫ぶことしかできない。

「だめっ、それ……、こわれる、こわれちゃう……！」

目いっぱい広がったマキナの淫孔から、激しい摩擦でムッとするほどの芳香が立ち上り、二人をただ情欲の淵《ふち》へと引きずり込む。

悲鳴が嬌声《きょうせい》に変わり、鳴き声が甘さを帯びていく。

唇が欲しくて、でも抱き合っているから届かなくて、無我夢中でアヌマーンの首筋に噛みついた。

「く……！」

アヌマーンが小さく唸り、マキナの噛みつきを振りほどいて唇を重ねてくる。欲しかった舌に口腔《こうこう》を犯されて、歓喜しながら受け入れた。

自分はアヌマーンのもの。この獅子に喰われるために産まれてきた。

自然にそう感じ、貪られる悦楽に酩酊《めいてい》しながら、腹の奥に熱い種を撒《ま》かれるのを感じた。

「マキナ……！」

初めてアヌマーンが自分の名を呼んだ気がしたが、マキナの意識はそこで途切れてよくわからなかった。

なにかさりさりとするものが顔に当たる。

（まだ眠い……）

メイランだと思って、マキナは目を閉じたまま反対向きに寝転んで感触から逃れた。

だがさりさりはついてきて、また顔に当たる。

「う……ん……、メイラン……？」

仕方なく目を開けると、ちょうどマキナの鼻に自分のそれを押しつけるつぶらな瞳の獣が視界を埋めていた。

「え……、ユンファ？」

慌てて飛び起きると、ユンファは無邪気にマキナの手を甘噛みしてきた。

マキナは呆然と周囲を見回す。

「えええ？」

マキナに宛がわれた後宮の一室より、はるかに広くて豪勢な調度の置かれた部屋。自分が寝ていたのは天蓋つきの大きなベッド。そしてユンファ。

「アヌマーン陛下の……！」

昨夜緊張しながらやってきた記憶がある、アヌマーンの居室だった。

途中からの記憶はぼんやりとしているが、発情して抱かれたことは覚えている。当然今も裸だ。

アヌマーンの姿は隣にはなかったが、枕の上に一通の手紙が置かれていた。金で飾られた美しい封筒には宛名部分にマキナの名が書いてある。

封を開いてみると、アヌマーンからだった。

目覚めの挨拶《あいさつ》と、昨夜マキナがどれほど素晴らしかったかという赤面ものの情熱的な感想と賛辞、体を労《いた》わる一文、などが書かれていた。

「なんだこれ……」

真っ赤になって、立てた膝の間に顎を埋めた。

いや、わかっている。

これは王侯貴族の礼儀である。初めて情を交わした妻や妾《めかけ》に、紳士としてこういったものを送ることがある。でも実際自分にされるとこそばゆい。

ほとんどの場合は主人の側近が代筆して送るものだが、それも常識的なことで、妻や妾はその心遣いに感激するものなのである。

だがこの手紙は、どうやらアヌマーンの直筆のようだ。最後のサインと文面の字が同じことから、本人が書いたとわかる。

「あんな厳しそうな顔してさ……」

マキナへの感想と謝辞の部分は、恥ずかしくて目が滑ってしまった。

他人に宛てた手紙だったら鳥肌ものの、情熱的な語句が並んでいた。いつか落ち着いてまともに読めるのだろうか。

薬で記憶は飛び飛びだが、昨夜の行為を思い出す。

メイランとの閨房術は、寝転がったままの男に奉仕することを前提に教え込まれた。自分も当然そのつもりでいたのだ。

だからベッドに下ろされたとき、自然にアヌマーンを跨《また》ぐ形になった。自分がすべて動くつもりでいたから。

だが結局発情に支配されて、覚えた閨房術はほとんど使えなかった。ただアヌマーンに翻弄されていただけだ。

皇帝とは思えない、奉仕精神に溢れた紳士的な情交だった。今思い返すと、まさか皇帝に口淫までされるとは、思ってもみなかった。

「……やさしいんじゃん」

手の中の手紙が、なぜか熱く感じた。無機質な紙に温度なんかあるわけないのに、まるでアヌマーンの体温が残っているようで。

「〜〜〜〜バカ！」

自分の想像に、思わずベッドに転がって枕に顔を押しつけた。

アヌマーンを思い出してどきどきしてしまうのは、きっとこの手紙のせいだ。こんなことされたら、女なら骨抜きだ。自分は女じゃないけれども。

――――悪い気はしない。

「だから……っ！」

いちいち自分の心の中の呟きに、照れて声を出して否定してしまう。その様子が傍《はた》から見てどれだけ滑稽か。他人に見られたら羞恥で窓から飛び降りたくなるだろう。

ユンファしかいなくてよかった。

そのユンファは、マキナが一人で転がったりしゃべったりしているので、きょとんとした目でマキナを見ている。

「あ、ごめんごめんユンファ。遊びたいんだよな」

手紙の後半には、大事な会議があるので一緒に朝を過ごせないことへの詫び、目覚めてからマキナがどうすればいいか、などが書いてあった。

曰く、疲れて眠っていたいなら、ユンファを部屋の外に出してそのままベッドを使っていてよい。後宮に戻りたければ、壁際の紐を引けば宦官がやってくるので申しつけよ。

服は寝椅子の上に、食事と風呂は隣室に用意してある。ユンファと遊ぶなら、この部屋の中で。

「至れり尽くせりだ」

そして最後に。

少し遅い時間になるかもしれないが、自分の帰りを待っていたいなら、このまま部屋で過ごしていて構わない、と。

読んだ瞬間、軽く体温が上がった気がした。

――この部屋で、アヌマーンの帰りを待つ。

考えただけで、胸になにか甘酸っぱいものが満ちて、目の前がきらきらと輝いた。どうしてこんなふうになるのか、自分でもわからない。

「え……、と、とりあえず、服着てなんか食べてくるから。ユンファちょっと待ってて。あ、風呂も……」

あたふたとベッドを出て風呂へ向かう。

風呂といっても水風呂だが、まだ性交の余韻が残っていて火照った体のマキナには気持ちいい。

じっとしていると、ついついアヌマーンのことが頭に浮かんでしまう。

「なに、体重ねるとみんなこうなるの……？」

一人で呟いてから、あまりの恥ずかしさに頭まで水に潜った。

待っていた方がいいのかな、と水中で胎児《たいじ》のように体を丸めながら思った。

「いけません、マキナさま！」

厳しい声でメイランに叱責《しっせき》されて、マキナは首を竦めた。

「や、うん……、わかってるんだけど……」

結局、昼すぎまでユンファと遊んで、ユンファが昼寝を始めたのを機に後宮に戻ってきてしまった。

やっぱりアヌマーンを待っていられなかった。

そわそわしてしまって、気持ちが休まらなかったから。

それについてもメイランに叱られた。せっかく皇帝が待っていていいと言ってくれたのだから、部屋で待つべきだったと。

だが帰ってきてしまったものは仕方がない。

さらに今メイランが叱っているのは、アヌマーンの手紙に対する返事を、マキナが書き渋っているからなのだ。

メイランは背筋を伸ばして、正面からマキナを睨み据えた。

「おわかりでしょう。初夜後の手紙に対する返事は、礼儀です。時間が開けば開くほど、情のない非礼な人間と思われます。相手方にそのような文化がなければ構いませんが、皇帝が礼を尽くしてくださっているのに、こちらが無視するわけにはいきません」

「うん……」

　わかっているのだけれど。

「でもおれ、手紙なんて伝言くらいしか書いたことないし、どう書けばいいのか……」

　村では字そのものを読めない人間も多かった。

　マキナは育ての親が商いをしていたので、読み書きと計算はできる。だが、王侯貴族の情緒に溢れた手紙のやり取りなど、到底できそうもない。

　メイランはため息をついた。

「仕方ありませんね。あなたさまには、そこまでお教えする時間がありませんでしたから。わたくしが代筆をと言いたいところですが、皇帝陛下直筆の手紙をいただいたとのこと。さすがに代筆を送るわけには参りません。手本を書きますので、それを写してください」

「はい……」

　メイランに手紙の内容を教えてくれと言われたけれど、照れくさくてまだまともに読めていない。だいたいこんなことが書いてあったと話すと、やはりため息を吐かれた。

　手紙を読ませろとまで言われなかったのは幸いだった。恥ずかしいというのもあるけれど、なんとなく他人に触らせたくない。

メイランはほとんど手を止めずに、さらさらと文章を紡いでいく。こういうときの定番の言い回しや書き方があるのだろう。

しばらくすると、達筆で書かれた文章をマキナに手渡した。

「ではこれを。字はできるだけ心を込めて丁寧に書いてください。書きあがったらお声がけを。宦官に渡しに行きますので」

ザッと目を通しただけで、アヌマーンの手紙に負けず劣らずの情熱的な語句の並んだ文章を見て目眩がした。

「さ、さすが……」

これを自分の手紙として書くのか。

冗談でなく、気が遠くなった。

だがこれが王侯貴族の礼儀なのだ。嫌だとか恥ずかしいとかいう理由でしないわけにはいかない。

書簡箋《しょかんせん》を用意し、手本を前にしてペンを執る。

「…………」

アヌマーンは今まで何人ものオメガに送って書き慣れているのだろうと思うと、ちくりと胸が痛んだ。

だが、忙しいだろうにマキナにも自分で書いてくれたのも事実である。後半の部分も含めて、きちんと〝マキナに宛てて〟書いてあった。アヌマーンの誠実さを感じる。

抱くつもりだってなかったようなのに、マキナが発情してしまったから宥めてくれたのだ。

誰も呼んだことのないという自室に招いてくれたのはマキナを面白がっているだけで、それで自分が特別だなどと自惚《うぬぼ》れることはできないけれど。

「礼儀を忘れちゃいけないって、父さんもいつも言ってたもんな」

ペンを握り直し、マキナは書簡箋に文字を書き始めた。

4.

寝椅子に脚を組んで座ったアヌマーンを前にして、マキナは所在なげに肩を竦めて正座していた。メイランは部屋の隅で控えながらこちらを窺っている。

後宮のマキナの部屋には、緊張した空気が張りつめていた。

マキナが皇帝の居室から帰ってきて、翌日早速アヌマーンが訪ねてきたのである。こんなに早くと驚いた。

アヌマーンはメイランの淹《い》れた茶をひと口含むと、感情の窺えない表情で口を開いた。

「この私が袖にされるとは思っていなかったぞ。あの状況なら、私の帰りを待っているところだろう」

怒っているのか呆れているのか、平淡な声音から判断できない。

ちらりとメイランを盗み見ると、「ほら、言ったでしょう」と言わんばかりの目でマキナを見ている。

「申し訳ありません」

殊勝《しゅしょう》に頭を下げるが、だったら帰っていいとも書かずに、ただ待っていろと書けばよかったじゃないかと思う。

その辺りの機微がわかっていないと言われてしまえばその通りなのだが。

「なにが気に入らなかった。目覚めを待たなかったことは謝る。情緒がなかったな」

「いえ、そのようなことは……」

仕事があるのだから当然だ。

「では私の情熱が不足していたか。充分満足させてやったつもりだが、もの足りなかったというなら、挽回《ばんかい》の機会を与えてもらいたいところだ」

「滅相もございません」

正直、昨日はずっと腰がだるかった。

今でもなにか挟まっているような気がして辛いほどだ。

「ならば私の手紙のせいか。もっと情熱的な言葉を並べるべきだったかもしれぬな」

「もったいないほどでございました」

むしろもっと控えめでよかった。

恥ずかしくていまだに直視できないなんて言えない。

「そうか？」

アヌマーンはやっと表情を変えると、にやりと笑った。

そして懐《ふところ》から、マキナが送った手紙を取り出した。

「それは……！」

マキナは真っ赤になって、手紙を凝視《ぎょうし》した。

相手が皇帝陛下でなかったら、飛びかかって奪い返してしまいたいところだ。

アヌマーンは手紙に口づけながら、楽しげにマキナを見た。今までの無表情は、笑いをこらえていたのだと知れる。

「こんな手紙をもらったのは初めてだ。従来の様式に則《のっと》った文章とはまったく違う、斬新《ざんしん》で新鮮な手紙だった」

メイランが、射殺せそうな目でマキナを見ている。

自分が書いた通り写さなかったのかと、その目が語っている。心からメイランに申し訳ないと思いながら、視線を逸《そ》らした。

メイランが書いてくれた手本は完璧だった。あれを写せば、きっとなにも問題なく済んだだろう。

けれど、アヌマーンはきちんとマキナに宛てて書いてくれたのだ。自分も、自分自身の言葉で返事を書きたかった。

美しい文章ではないけれど、ユンファと遊べてよかったこと、部屋に招待してくれたことへの礼、発情して宥めてもらったことへの感謝、やさしくされて嬉しかったことなど。

アヌマーンやメイランのような大袈裟な単語は使えなかったが、精いっぱい心を込めて書いた。メイランの手本には、また部屋を訪ねたいということを上品な言葉で婉曲《えんきょく》に表現してあったが、素直にまた会いたいと綴《つづ》った。

まるで幼児の恋文のようだったが、自分なりに礼は尽くしたつもりである。公的な文書であれば自分なりになどと思わないが、これは私的な手紙なのだから。

アヌマーンは、かすかに顎を上げてメイランに声をかけた。

「メイラン、席を外せ。マキナと二人になりたい」

「は」

簡単に命じたが、皇帝が〝花〟の従者の名を覚えるなど、通常あることではない。本気でマキナを気に入っている証拠である。

メイランが部屋を出ていくと、アヌマーンは指でマキナを招いた。

マキナは指示されるまま、皇帝の隣に腰をかける。アヌマーンはマキナの肩を抱き寄せて笑った。

「本当におまえという奴は、私のまったく予想しないことをする。おまえの手紙を見たときは、私は自分が実につまらぬ男だと思い知らされて愕然《がくぜん》としたぞ」

「そのようなことはございません」

「それだ。その話し方もやめろ。今は私とおまえ二人きりだ。素の顔を晒せ。どうせ儚《はかな》げなのは外面だけで、中身は別なのだろう？　不敬罪に問うようなことはしない、私にも見せてみろ。言葉遣いも行動も素のままで構わん」

罠《わな》とまでは思わないが、本心で言っているのかと訝《いぶか》しむ。

答えずにいると、そそのかすように片眉を上げた。

「どうした。私がいいと言っている。そんな話し方を続けるなら、もうユンファと遊ばせてやらぬぞ」

そう言われては、これ以上繕えない。

「本当によろしいのですか」

アヌマーンは口もとに笑みを湛えたまま鷹揚《おうよう》に頷く。

「では……」

マキナは膝の上に揃えて置いておいた両手を上方に伸ばすと、うーんと声を上げて背を伸ばした。膝を開いて男の座り方をし、ふぅと息をつく。

「あー、おとなしくしてんのってめちゃくちゃ肩凝《こ》るから、疲れんだよな」

「なるほど。そういう人間か」

マキナは意志の強い猫のような目で、上目遣いにアヌマーンを見る。

「がっかりした？　嫌だったらもとに戻すけど、今さらかな」

「表情の作り方も、同じ顔立ちなのにずいぶん印象が変わるものだ。面白い」

少なくとも、気弱そうには見えないだろう。

もともと猫系の顔立ちを、化粧と表情で覆ってしおらしく見せているだけなのだ。

「これ以上ないほど繊細で美しい目鼻立ちなのに、出てくる言葉はまるで田舎の子どもだな」

「言っただろ、田舎育ちだって。それとも、この言葉遣いじゃ妃候補にならない？　花として見られないっていうなら、さすがに改めるけど」

いくら興味を持ってもらっても、抱く気になれないのでは話にならない。

「いや、美しい顔立ちに粗雑な言葉遣い。その違和感はかえってそそる。あからさまに媚を売られるより、おまえのような人間が涙に濡れて縋ってくる方が燃えるな」

色事にはまだ慣れていないマキナは、そう露骨に言われると顔を赤くしてしまう。

ふいと顔を背けたマキナを、アヌマーンは軽々と抱き上げた。

「わっ」

ベッドに横たえられ、熱い口づけを受ける。

息が続かなくなるほど貪られてから、やっと解放されたときは、すでに瞳が潤んでいた。

「今日は発情薬のない、素のおまえの反応を見せてくれるだろう？」

見下ろされて、アヌマーンがとても美しいのだと、あらためて思った。

とくん、とくんと胸が鳴っている。

「マキナ……」

甘い声で名を囁かれ、心まで潤んでいく気がした。

「アヌマーンさま……」

アヌマーンは軽く唇を食《は》んで、

「アヌマーンでいい」

と許可をした。

「……ベッドの中では？」

「二人きりのときはいつでもだ」

角度を変えてもう一度口づけられ、アヌマーンの舌を存分に味わった。

情熱的な舌使いは、あの夜と同じ。

たくましい男の重みを受け止めながら、徐々に熱を上げる自身の体の反応を、いちいち教えられて甘い声を上げた。

発情薬などなくとも体は燃えるのだと、その身に刻みつけられた。

*

皇帝陛下の居室に自由に通ってよい。

そんな特別な許可をアヌマーンが出したことで、マキナは後宮でも宮殿でも一目置かれるよ

うになった。

宦官をはじめとした臣下はマキナの機嫌を取ろうとすり寄ってくるし、花たちは妬《ねた》ましげな視線を投げかけながら遠巻きにマキナを見た。マキナは毎晩皇帝から寵を受けている。これならマキナはすぐに皇帝の子を身籠《みごも》るだろう、もしそうでなくとも、寵妃として側に置くだろうと誰もが囁いている。

人々の思惑や嫉妬は歓迎するものではないが、ついて回るものは仕方がない。極力反応しないようにしてやり過ごした。

そして今日も、ユンファと遊ぶために皇帝の居室に向かう。朝食後にユンファと遊ぶのは、マキナの日課になっている。

「おいで、ユンファ」

マキナが両腕を広げて差し伸べると、すでに大型犬の大きさに近くなったユンファが飛び込んでくる。

どん！　と衝撃があって、一緒に絨毯の上に転がって笑った。

「おまえ、日に日に大きくなるなぁ。あっという間に、おれの体越えちゃいそう」

最初に会ったときのユンファはまだ生後二カ月に満たなかったが、みるみるうちに育ち、一カ月後にはちょっと抱き上げるのにも苦労するような大きさになった。

動物の仔の成長は早い。首輪も成長に合わせてどんどん革紐を長くしなければならない。相変わらず、首輪の先端には金色の環が光っていた。

「あ、カミカミするおもちゃ、新しいの作ってあげような。もうボロボロだもんな」

歯も伸びてきて、少し強く噛まれるともう傷になるほどだ。

もちろんユンファも本気で噛むわけではないが、遊びに熱中して加減がわからなくなるときもある。

こんな勢いで成長しているのだから、それも致し方ない。

すごいなと思うのは、アヌマーンとチュウチャウがきちんと「人間を噛んではならない」とユンファに教育できていることだ。

人間だったら、かなり根気よく、ときには大きな怪我《けが》もして躾けなければならないところだろう。ところがライオンに変化したアヌマーンは、ライオンたちと意思疎通ができ、間違いなく指示や命令を伝えられる。

ライオンの鳴き声や唸り声はかなり種類が豊富で、マキナから見ても会話ができているような気がする。

だがユンファも歯が生えてきてむず痒《がゆ》いらしい。だから木の棒に古布を巻きつけて噛めるようおもちゃを作った。

アヌマーンは「わざわざ古布などで作らずとも」と言うが、すぐボロボロになってしまうのに新しい布を使うなんてもったいない。

これは田舎の一般人の家庭で育ったマキナの価値観で、自分としては当たり前なのだが、アヌマーンはそれすらも面白がる。

ユンファは大好きなマキナに馬乗りになって、顔面をべろべろと舐めてくる。

「あははっ、重いってユンファ！」

ユンファと遊ぶようになってから、化粧は一切しなくなった。

舐めて害があるといけないし、もともと好きじゃないから、しなくていいならしたくない。

もう少ししたら、こうやって舐めてもらうこともできなくなるなと思うと、すごく寂しい。

成長したライオンの舌は、獲物の肉をこそげて食べるために、尖った針のようなものがびっしりと生えている。

その舌で舐められれば、人間の皮膚は剥がれ落ちてしまう。その前にきちんと止《や》めさせるとアヌマーンも言っていた。

だからこうしてじゃれついてもらえるのは、もうほんの少しの間だけなのだ。

「あー、ユンファあったかくて大好き」

育ってきたといっても、まだまだ毛はふわふわだ。

もこもこの体を下から抱きしめ、頭をすりつけてくるユンファの耳後ろや首を思いきり撫で回した。

ユンファと遊ぶのも楽しいが、今日はアヌマーンとちょっとした予定がある。

「待たせたか」

アヌマーンが居室に戻ってきて、マキナはぱっと明るい笑顔で迎える。

「ううん、ユンファァと遊んでたから。行ける？」

「ああ」

やった！　と飛び上がった。

「それにしても変わっているな、おまえは。泳ぎたいとは」

先日後宮の庭を二人で散歩しているときに、以前人工池で泳ぎたいと言ったらメイランに呆れられたという話をした。

アヌマーンは「この国で泳ぎたがる人間はそうはいないな」と笑って、今度オアシスに連れていってくれると約束したのだ。

それが今日である。約束をしてから今日まで、わくわくして過ごしていた。

「おれ、川の側で育ったんだもん。この辺りの人間は泳げないって聞いてびっくりした。もしかしてアヌマーンも泳げない？」

「ライオンは泳ぎが得意だ」

そうか。

「ユンファァも連れていってやりたいが、少し距離があるからな。もっと長距離を走れるようになったら一緒に行こう」

オアシスは少々離れた岩場にあるらしく、アヌマーンがライオンに変化して背に乗せていってくれるのだ。

それも楽しみでたまらない。

昨日練習がてら、部屋の中で変化して乗せてくれた。馬に比べて少々安定感は悪いものの、輪にした紐を口に咥えて手綱《たづな》代わりにつかませてくれるという。疲れたり落ちそうになったら声をかければいい。

「獣姿の私が怖くはないか？」

「ぜんぜん！　アヌマーンだってわかってるから大丈夫」

アヌマーンは嬉しそうにほほ笑んだ。

最初は本物のライオンだと思って恐怖したが、アヌマーンだと知っていればなにを恐れることがあろう。

むしろ力強く、頼りになるだけだ。

背嚢に二人分のパンと水、着替えを入れると、アヌマーンと連れだって部屋を出た。宮殿の出口で、衛兵に呼び止められる。

「アヌマーンさま。警護の者をお連れください」

「いや、今日はマキナと二人で出かけたい。ライオンに変化していくから、警護はいらぬ」

衛兵は困惑したようにマキナを見たが、皇帝の言葉は絶対である。おとなしく頭を下げて二人を見送った。

皇帝の外出なら、警護がついてくるのは当然だと思う。だがアヌマーンはあえて二人でと言ってくれた。普通の恋人のように二人で出かけられるのだと思うと、アヌマーンの心遣いがとても嬉しい。

宮殿から少し離れた場所で、ライオンに変化したアヌマーンに跨った。

ライオンの胴体を脚で挟み、紐を握ると、アヌマーンはゆっくりと歩き出す。途中、マキナを楽しませるために思いきり駆けてくれたりした。

「すげえ、速い！」

落ちそう、と笑いながら肩と首にしがみつく。やわらかい毛並みの下でたくましく上下する筋肉に惚れ惚れした。

砂漠国といっても、砂地よりも砂利や岩が多い乾燥した土地である。ところどころ緑があり、遠くに野生動物が見えることがあるのも楽しかった。

ライオンの背に揺られて景色を楽しむ。なんと贅沢《ぜいたく》な。

オアシスにたどり着くと、そこは大きな岩と岩の間に豊富な水が溜まっていた。

「へえ、おれオアシスって緑いっぱいの中に水が湧き出てると思ったんだけど、こういうのもあるんだ」

人型に戻ったアヌマーンが、岩陰の平らになった部分に敷物を敷いて荷物を置いた。

「そういうオアシスは隊商の水飲み場だな。ないわけではないが、ここよりもっと離れている上に、野生動物がいて危険もある。ここのいいところは、塩分が強いので飲み水として適さないところだ。体も浮きやすいし、泳ぐにはうってつけだぞ」

アヌマーンの言う通り、水を舐めてみるととても塩辛かった。

「水がしょっぱいって不思議！　おれ海って行ったことないんだけど、こんななのかなぁ」

「海か。国の端に少しだけ海に隣接した地域がある。小さな町だが、活気があって楽しいぞ。なにより新鮮な魚介類が最高に美味い。いずれ機会をみて連れていってやろう」

口約束なんて当てにならない。

それでも、今アヌマーンがそういう気持ちでいてくれることが嬉しかった。

「うん、楽しみにしてる」

二人でオアシスに入り、体が浮くのを楽しんだ。

マキナは下帯一枚で入ろうかと思っていたが、ライオンに変化していたアヌマーンが全裸だったので、自分もすべて脱いでしまった。

ふと、大型獣の爪痕のようなアヌマーンの脇腹の傷に目が留まる。薄暗い寝室ではそれほど目立たなかったが、太陽の下だとはっきりと見えた。

「それ、動物につけられた傷？」

「ああ。ライオンに変化したときに他のライオンと戦ったときの傷だ」

「えっ」

いくら自分もライオン姿とはいえ、他のライオンと。もしマキナがライオンになれるとしても、到底他と争う気にはならない。そんなの怖すぎる。

「庭に宮殿警護をしているライオンたちがいるだろう。あれらの長の、黒い鬣を持ったライオンだ」

そういえば宮殿に来たときに、黒い鬣のライオンを見た。

「いくら人間に育てられても、力の弱いものに獣は従わない。ときに野性が目を覚まし、牙を剥《む》く。そんなときに一対一で戦って勝てぬようなら、彼らを統率はできない。もちろん自分も傷を負う覚悟は必要だが、私は皇帝だからな。逃げてはいられないだろう」

さらりと言っているが、すごいことではないだろうか。人間同士でも、皇帝が一人きりで戦うことなんてない。ましてや武器も援軍もなく、自分の爪と牙だけで力でねじ伏せて。

立場に驕《おご》らず、自ら危険な目に遭っても決して逃げない。だから人もライオンも彼に従う。

あらためて、この人は〝皇帝〟なのだと畏怖《いふ》に近い気持ちが浮かんだ。

「……すごいんだ、アヌマーン」

素直に感嘆の声を漏らしたマキナの頭を、アヌマーンがくしゃりと撫でる。やさしい笑い方にホッとした。

「さあ、好きなだけ泳げ」

「うん！」

岩場から飛び込み、仰向けになって空を眺めながら水に浮き、水に潜っては「目が開けられない」と大声で言って笑い合った。

休憩《きゅうけい》しようかと足がつくところまで泳いできて、水の表面から先端を覗かせる陰茎を見ておかしくなった。

「見て見て、ちんちん浮いてる」

浮力の強い水の中では、風呂よりも垂直に陰茎が上を向いてしまう。

「子どもか」

アヌマーンは呆れながらも笑ってくれた。

(あ、おれ、アヌマーンの笑った顔好きなんだ)

気づいてしまい、とくりと胸が鳴った。

最初は厳しく見えた顔。

自分が事前に聞いていたのも、大国を統《す》べる貴重なアルファの獅子皇帝で、傲慢で居丈高で冷酷、というような噂だった。戦争になると、その圧倒的な力と残忍さから、砂漠の獅子という異名もあるとか。

知ってみると、全然違った。

卑怯《ひきょう》な真似をする人間には厳しいが、誠実で紳士的で気遣いをしてくれる。仔ライオンを可愛がっていて、一緒に眠ったりもする。

（好きだな……）

思ってから、自分の心の声に気づいてハッとした。

好き？

急速に顔が熱くなり、隣のアヌマーンの存在を強く意識する。

ちらりと横目で見ると、たくましい体が水から上がったところだった。砂色の髪は濡れて色を濃くし、水滴を弾く褐色の肌はなめした革のように美しい。

「うわ……」

自分の男の器官が露骨に形を変える前にと、慌てて目を逸らした。

「どうした？」

訝しむように聞かれ、背を向けて反対側に上がった。

「いや、なんでも……」

幸いそれ以上反応はせず、なんでもない顔をしてアヌマーンが敷いてくれた敷物の上に並んで座った。

「すげえ、髪の毛がちがち」

塩水で固まった髪は、指すら通らないほどである。

並んだ肩が触れて、互いに振り向いて至近距離で目が合った。数秒見つめ合い、引き寄せられるように二人の唇が近づく。

「…………っ、しょっぱ！」

唇が触れ合ったとたん、強い塩気が舌に刺さって思わず体を突き放した。アヌマーンも手の甲で唇を拭って微妙な顔をしている。

塩水の乾いた唇では、ロマンチックな空気が続けられない。

視線を交わしたあと、一緒に噴き出してしまった。

「余分に水を持ってきた。頭からかけてやる」

持ってきた水を頭から被ったついでに顔も流し、濡らした布で軽く体を拭う。残りの水をパンと一緒に腹に流し込んだ。

満腹になって転がると、なにも邪魔するもののない青い空が広がっている。

「きれー。すげえ気持ちいい」

青空の下で泳ぎ回り、食事をし、寝転がって空を眺める。二人きりだから、裸でも恥ずかしくない。

なんとも贅沢な時間だと思った。

空気は乾いていて心地よく、二人の存在以外なんの音も聞こえない。いつの間にかうとうとしていたマキナの唇に、やわらかいものが重なった。

「マキナ」

甘く響く、アヌマーンの声。

うっすら目を開けると、すぐ近くにやわらかくほほ笑むアヌマーンの顔があった。マキナの好きな、笑った顔。

「すき……」

夢うつつで呟くと、琥珀色の瞳が大きく見開かれた。

自分の言葉に驚いて飛び起きる。

「え……、おれ、なんて言った……？」

答えもなく、きつく抱きしめられた。裸の胸が直接触れ合って、アヌマーンの心臓の鼓動まで感じられた。

「マキナ……、マキナ……！」

アヌマーンはマキナの両頬を手で包むと、食らいつくようにキスをした。

「んぅっ……！」

歯が当たり、自然に口を開いた。

機を逃さず、アヌマーンの舌がマキナの口腔で暴れ回る。激しく、熱く。

口づけを止めないまま、アヌマーンが囁くように尋ねる。

「今の言葉は本当か？」

恥ずかしくて答えられない。

アヌマーンがマキナを気に入ってくれていることはわかる。けれど皇帝とそれ以外の人間では言葉の重みが違う。マキナは彼から言葉をもらえない。

皇帝が愛の言葉を与えていいのは、正式に妻や側室として娶《めと》ると決めてからだ。気に入っている、妃候補であるという程度では、閨であっても迂闊《うかつ》に愛を囁かない。それは求婚の言葉と取られる。

大国の皇帝とはいえ、なんでも好きに振る舞うことができるわけではないのだ。

だからマキナからしか伝えることはできない。ある意味一方通行の愛を育てることになる。

「答えてくれないのか。もう一度聞きたい」

アヌマーンからの言葉がないから、などと意地を張るつもりはない。単純に、素面《しらふ》で言うのが恥ずかしいだけである。

「また今度……」

それだけ言うのが精いっぱいだ。

「では、言える状態にしてやればいいのだな」

「え」

再び激しく口内をかき回され、息を奪われてアヌマーンにしがみつく。

酸素が足りなくなって力の抜けた体を、アヌマーンの手と唇がなぞっていった。

小さな胸芽を咥えられ、身をよじった拍子に背中が痛んだ。敷物の上とはいえ、一枚下は岩なのだ。

「背中……、痛い……」

アヌマーンはマキナの腕を引くと、立ち上がらせて岩に手をつかせた。マキナの脚の間に座り、すでに兆し始めた雄蕊を口に含む。

「あ……っ」

ねっとりと舌を絡める様子が、上から見下ろせる。皇帝が自分に奉仕する様を見下ろすなんて、立場が逆転したような背徳感で胸が痛いほど興奮した。

アヌマーンがいやらしい顔をしている。

「やぁ……」

思わず逃げそうになる腰をつかまれ、引き戻されてより深くまで呑み込まれた。

口内でくちゅくちゅと唾液を塗《まぶ》され、舌で摩《さす》られれば、いつしか自然に自分から腰を揺り動かしていた。

アヌマーンはいつも、自分の雄を受け入れさせてマキナに達《い》かせたがる。

今もまた達する直前で口を離され、もう少しで解放されるところだった花茎《かけい》が先走りを零して震えた。

唇を拭う仕草で、さっき塩水に入ったのだと思い出した。

「しょっぱく、なかった……？」

軽く全身を拭いはしたが、塩は残ってしまっているだろう。

アヌマーンはにやりと笑った。

「ではおまえの甘い部分を舐めさせろ」

頬に血が上る。

嫌とは言わないけれど、どうぞとも言えない。岩に手をついたままの姿勢で動かずにいることが、唯一の肯定だ。

アヌマーンはマキナの背後に回ると、慎ましやかに閉じた後孔を晒すために手で双丘を割り開いた。

後孔に空気が触れて、たっぷりと濡れているのを感じる。

「あ……」

野外で、明るい光の下で秘めた部分を晒す羞恥にかえって体が反応し、アヌマーンの眼前で淫孔から蜜液を垂らした。

「私に見られて感じるか」

「言うなよ……っ」

アヌマーンはのど奥で低く笑うと、舌の表面で繊細な皺を撫で上げた。

「ひゃっ」

「甘い」

アヌマーンはライオンが水を飲むような音を立ててマキナを味わう。

会陰部分から大きくべろりと舐め上げられれば、野生の獣の舌使いのように感じる。尖らせた舌を穿孔《せんこう》に潜り込まされれば、体の内側まで味わわれる恥辱に興奮で涙を散らした。

「ああ……、ゆび……、ゆびでも、して……」

毎晩こすり上げられて覚えさせられた、いちばん感じる内側のしこりを撫でられたい。すぐに指が忍んできて、恥ずかしくなるような嬌声を青空に響かせた。

「そこっ……、いい、きもちいい……、もっと……！」

アヌマーンはマキナを焦らさない。まるで自分の方が傅《かしず》くのが当たり前と言わんばかりに、求めればなんでもしてくれる。

皇帝なのに。

本当なら何人でも花を侍《はべ》らせて奉仕させていればいい立場なのに。

そのたび、大事にされていると自惚れさせられて、わがままな体に育てられていく。ねだることを覚えさせられているのかもしれない。

「素直だな……、ここも私に縋りついてきて可愛いぞ。もっと欲しいか」

熱い息が淫孔にかかる位置でしゃべられ、ぞくぞくした快感が背筋を駆け抜ける。

欲しがりな孔《あな》に指を増やされ、二本の指でしこりを挟まれてぐにぐにとこねられて思わず腰がよじれた。

「ひゃうぅっ！　あああ、やあっ……、それ、感じすぎちゃうよぅ……っ！」

蜜液が溢れる肉筒はぬるぬるで、ともすれば指が滑ってしまう。ぐちゅん！　とはしたない音が立って、自分がどれほど濡れそぼっているのか思い知らされた。

「こら、そんなに動いたらいいところに当ててやれない」

笑いながら臀部や脚のつけ根を痛いと感じるほどに噛まれると、燃え上がってしまう自分がいる。

噛まれた場所から快感の波が下半身に広がり、膝ががくがくと震えた。ずるりと上半身が岩にもたれかかると、冷たい岩に頬がこすれて痛い。

「も……、も、立ってられない……」

泣きながら岩に頬をついたままアヌマーンを肩ごしに振り向いた。アヌマーンが愛しげに目を細める。

「そんな濡れた目で見るな。私が虐《いじ》めているみたいだろう。おまえがして欲しいと言うからしてやっているのに」

口ではそんなことを言いながら、最後にちゅ、と尻たぶに口づけられたのを、とても甘く感じた。

「おいで」

体を反転されて手を引かれ、座ったアヌマーンを正面から跨ぐよう導かれる。

「自分で挿れられるか」

「うん……」

膝をついて跨ぐとマキナがアヌマーンを見下ろす形になった。見上げられるとなんだかキスをねだられているように見えて、自然にアヌマーンの唇を食んだ。

自分主導のキスは、相手が強く自分を受け入れてくれている気がして愛しさが増す。アヌマーンもいつもこんな気持ちでマキナに口づけているのだろうか。

アヌマーンの頭を抱えて体を密着させると、下から自身の雄をつかんだアヌマーンが位置を合わせてくれる。

「ん……、あ………、は、ぁ……っ」

充分やわらかくなった後蕾が、口を広げて巨《おお》きな先端を呑み込んでいく。もっとも開いた傘を咥えきったところで、一旦息をついた。

アヌマーンの指が、巨大な雄を咥え込んだマキナの肉襞《にくひだ》をぐるりとなぞる。

「ひゃっ、やぁ、それっ……！」

それでなくともヒクつく襞が、刺激できゅうっと締まってしまう。

アヌマーンもそのきつさにため息をついた。

「おまえの中は最高だ……」

そう言われれば嬉しくて、もっともっと気持ちよくなって欲しくなる。

ゆっくりと腰を沈めていくと、マキナの敏感な肉壁がいやというほど押し広げられていく感触に鳥肌が立った。

「く、ん……」

収めきってしまえば、腹いっぱいに埋め尽くされるようなその存在感が怖くなるほどだ。熱い息をつきながら、アヌマーンの肩口に額をこすりつけた。

両膝をついたままでは動ける気がしない。首に腕を回して体を支えながら、填《は》めたまま片脚ずつ膝を立てた。アヌマーンの首に縋りついてしゃがみ込んだような体勢になる。

アヌマーンがマキナの尻たぶを両手でつかんで内側にぎゅっと寄せると、きつく男根を食みしめてしまって形状がよくわかった。太くて、熱い。

「はあ……、あ……、アヌマーンの……、かたち……」

自分の中がアヌマーンの形になっている。自分はアヌマーンのものだと刻み込まれている。

胸の奥底から喜びがこみ上げて、もっと彼を知りたくなった。

アヌマーンの手に導かれるまま、腰を上下させる。尻肉を寄せられたままで、いつもより孔が狭い。

「や……、は……っ」

張り出した亀頭に肉壁を削られるのが、痛いほど気持ちいい。前壁にあるしこりをこすりつけたくて、いやらしく恥骨を突き出すように腰を波打たせた。

「ああっ、ああっ、いい！　アヌマーン……！」

蜜液で濡れた剛棒を、夢中になって尻肉で扱いた。

自分で動けるから快楽も追いやすい。マキナは階段を駆け上がるように、あっけなく精を噴き上げた。

「ふあ……、ぁ……」

吐精の余韻に酩酊しながら、ぐったりとアヌマーンにもたれかかる。

胸まで勢いよく飛んだ白濁が、二人の体の間でぬちゃりと音を立てた。それがとても卑猥に感じてしまって、思わず体でなすりつける。

裸の胸を押しつけて、精液を塗り広げる感触を楽しんだ。つんと尖った乳首がこすれるのもいい。

「ぬるぬる……、やらしくて、きもちいい……」

蜜液の甘い香りに精の混ざった匂いが立ち上ってくらくらする。興奮して、アヌマーンのうなじを濡らす汗を舌で舐め取った。

「余韻を楽しんでいるところすまないが、私はこのまま生殺しか？　まだ終わっていないぞ」

アヌマーンの怒張はマキナの中でびくびくしながら、解放を待ち望んでいる。アヌマーンの言い方は笑ってさえいるようだったが、余裕がないのは肌の熱さで明らかだ。

達したばかりの脳は目の前の男に甘えたがって、わがままを言ってみたくなる。

「もう疲れた……、抜きたい……」

低い声で笑ったアヌマーンは、叱るようにマキナの耳朶を噛んだ。

「さすがにそのわがままは通らぬな。おまえが動けないなら、私が動こう。しっかりつかまっていろよ」

「え……、あっ！」

マキナの膝裏に腕を通して抱き直したかと思うと、アヌマーンは結合を解かないまま立ち上がった。

「ひぃっ！」

ずん！　と剛棒の先端が腹奥を突き上げる。

目も眩《くら》むような衝撃に、頭の中が真っ白になった。アヌマーンはそのまま、腰を突き上げながらマキナの体を軽々と揺さぶる。

「ひあっ、あああっ！　まって！　まって、これ……、あああああ、あ――――……ッ！」

ごつっ、ごつっ、と腸壁に雄の先端がぶつかるたびに意識が白く弾け飛ぶ。

オメガの生殖器官を尖った熱い塊《かたまり》でこじ開けられ、激しく穿たれて脳みそまでかき混ぜられている気がした。

「マキナ……、マキナ……、さっきの言葉をもう一度聞かせてくれ……」

アヌマーンがマキナの耳孔《じこう》に唇を押し当て、切ない声で囁いた。彼らしくもない、懇願の響

きを込めて。

明滅する意識の中で、愛しさが膨れ上がった。

「アヌマ……、あ……、……き、……すきっ、すきぃ……っ！」

抉《えぐ》り抜かれた狭道を熱い精で濡らされながら、マキナはアヌマーンをきつく抱きしめて叫んだ。


宮殿に戻ってからもアヌマーンはマキナを離したがらず、風呂で体を流してからベッドの中で濃厚に愛された。

昼の疲れもあってアヌマーンの腕の中で泥のように眠り、夜明け前にのどが渇いてマキナはふと目を覚ました。

「のど痛い……」

昨日の昼からかなり喘《あえ》がされたから、当たり前だと思う。

体を起こしても、アヌマーンは目を覚まさなかった。いつもはマキナが動けば気づく彼も、さすがに疲れきったらしい。

（そりゃそうだ）

マキナを乗せてオアシスまで往復し、一緒に泳いで遊び、オアシスでもベッドでもあれだけ執拗《しつよう》にマキナを抱いたのだ。

普段から交わりは激しい方だと思うが、特に昨日はマキナに好きと言わせるために何度も体を貫いては揺さぶられた。

最後にはマキナもわけがわからないほどぐしゃぐしゃになって、泣きながら「好きだから、もう許して……！」と叫んだ記憶さえある。

思い出すと地面に埋まってしまいたいほど恥ずかしい。

朝になってもアヌマーンがそんなマキナを覚えているのだろうと思うと、一人で両手で顔を覆い、頭を振って悶絶した。

「あんたのせいだ……」

眠るアヌマーンの顔を睨みつける。

深い眠りに落ちている表情を見ていたら、だんだん愛しさがこみ上げてきた。

「くそ」

弱いな、と思う。

好きになってしまったら、なんでも許せてしまう。

でも仕方がない。眠っている顔を見るだけで幸福になってしまうのだから。

目を閉じたままのアヌマーンがもぞもぞと動き、寝返りを打った。起きるかと思ったが、まだ目を覚まさないようだった。

　アヌマーンがぽつりと、

「ユンファ……」

　と呟いてどきりとした。

　寝言だろう、また静かな寝息が聞こえ始めた。

「なんだよ、おれの名前じゃないのかよ」

　口ではそう言いながら、アヌマーンが可愛がっている仔ライオンの夢を見ていると思うと、ふんわりと温かな気持ちに包まれた。

「ね、好きだよ」

　囁いて、眠るアヌマーンの頬にキスをした。

5.

マキナが連日アヌマーンの居室に通って不在にしていることを、メイランは上機嫌で受け止めていた。

「さすがはわたくしのマキナさま。今や皇帝陛下はあなたさま以外の花に関心はないようでございます。このままお子を身籠り妃の座を射止められれば、ヤハナン王国は次代の皇帝の母国として、大きな後ろ盾を得ましょう」

「もし子どもできても、女の子かもしれないじゃん」

「男児をお身籠りください」

そんな無茶な。

「というのは理想ですが、もし女児だったとしても、皇帝のお子に変わりはありません。他のオメガに男児が産まれるとは限りませんので、いずれかの国から婿王子を迎えられる可能性もあります」

それはそうだが。

自分もその目的でここへ来たとはいえ、自分の子が産まれる前から政治の道具として扱われる話をするのは気分のいいものではなかった。

この先を考えると気分が塞《ふさ》いで、マキナは一人で庭へ散歩に出た。

ユンファは午前中は生育の様子を調べるとかで、獣医師が来ていて今日は午後からしか遊べない。

「つまんないの……」

子どもだとか、王位だとか、国だとか。

そんなの抜きで、アヌマーンと知り合いたかった。普通に出会って、恋をして、好きだから結婚して欲しいと自分から言ってもいい。

(でも普通に生活してたら会わなかったのか)

そもそも国が違う。

この形でなければ出会えなかったのだから、仮定の話など考えるだけ無駄だ。

アヌマーンには立場や状況がある。よしんばマキナのことを好いてくれていたとしても、単純に結婚できるとは限らないのだ。それこそ属国同士の力関係もあろう。

考えれば考えるほど、自分がアヌマーンとずっと一緒にいるには、子を儲けなければならないという結果になる。

「いっそデキちまえよ」

半ば投げやりに呟いたとき、前方から後宮づきの宦官がこちらに向かってくるのが見えた。

マキナがアヌマーンに気に入られてから、露骨にへつらう態度を取ってくる。好感の持てる人物ではない。

会釈だけして通り過ぎようと思ったが、宦官は大袈裟に頭を下げて話しかけてきた。

「これはこれはマキナさま。いつもお美しゅうございますな」

いつもなにも、毎日アヌマーンの部屋に行くときに先導役として顔を合わせているではないか。

「過ぎたお言葉です」

アヌマーンとメイランの前以外では、常にしとやかな仮面を被っている。

宦官はマキナがいかに美しいか、皇帝がどれほどマキナを気に入っているか、妃になるのはマキナしか考えられないというようなことを、つらつらと並べたてた。

面倒だから早く逃げたいなと心の中で算段をしていると、宦官は内緒話をするように身を屈《かが》めて一歩近づいた。

そのぶんマキナは一歩後ろに下がる。

宦官は周囲を見回して人がいないことを確認すると、声を潜《ひそ》めて話し出した。

「マキナさま。陛下がどうしてあのお歳までご結婚されないのか、ご存じでいらっしゃいますか」

マキナの頬がぴくりと痙攣する。マキナに反応ありと見て取ったか、宦官はさらに近づいてきた。

「お心に残っている方がいらっしゃるのです」

どん！　と心臓に衝撃を受けた。

足もとから闇が這い上がってきて、マキナを包んでいく気がする。

いや、アヌマーンだってあの年齢なのだから、恋のひとつやふたつ経験しているのは当たり前だ。なんの不思議もないじゃないか。

けれど……。

なにも言えないマキナに同情するように、顔を覗き込んでうんうんと頷いた。

「いえいえ、今はマキナさまに夢中なのは、わたくしめの目から見ても明らかです。ただあとひと押し、マキナさまが皇帝のお心に寄り添えたら、それはもう盤石《ばんじゃく》なのではないかと思った次第でございます」

なにを言っているのか、頭に入ってこない。

固まったまま動けないマキナに、宦官は滔々《とうとう》と話し出した。

「アヌマーンさまは、わずか十一歳にしてイビドラ帝国を継がれました。前皇帝の唯一のアルファのお子でしたので、誰からの反対もなく。そして、いずれ皇帝の子を産むオメガの少女が婚約者として城へ来られたのです」

返事がなくとも、宦官は勝手に話していく。

どうやらマキナが妃に収まったあかつきには、自分を取りたててもらおうと思っている。そのための協力をしているつもりなのだ。

宦官曰く、アヌマーンには四つ年下のオメガ少女の婚約者がいた。まだ幼かった少女は結婚の意味もわからず、無邪気にアヌマーンに懐いていたらしい。

アヌマーンも少年の肩に乗せられた大国の重責の中で、少女の存在が唯一の癒しだったという。アヌマーンは少女をとても可愛がり、二人は仲よく育っていった。

ところが少女が十四歳になり発情期を迎える直前、彼女は亡くなってしまった。

発情期が来たら結婚すると、周囲もそのつもりで準備していた。アヌマーンは深い悲しみに襲われ、以降誰も娶ろうとせず、後宮には空いている妃の座を狙って次々オメガが献上されることになったのである。

「ですから、このことを知ったあなたさまがアヌマーンさまのお心の傷を癒して差し上げれば、きっと妻を娶る気になられると思うのです。もう十二年も経《た》つのですから、そろそろ昔は忘れてもいいでしょう」

昔の傷に同情したふりで気を引けとそそのかす。過去を忘れるには新しい恋、同情と慰めは恋愛ごとの常套《じょうとう》手段なのだろう。

でもそんな話、自分からアヌマーンにしたくない。過去の傷が癒えていなかったとして、自分だったら誰にも触れて欲しくない。

むしろこんな話を聞かせてきた宦官を憎らしく思う。

それに、過去を引きずっているると思っているのは、勘違いかもしれないじゃないか。もうアヌマーンはなんとも思っていないかも。

「そうそう、アヌマーンさまがまだその少女に思いを残している証拠があるのです」

「……なんですか」

聞かなければいいのに、どうしても聞きたくなった。

「少女の名前は、ユンファと言いました」

今度こそ、目の前が真っ暗になった。


午後になって、ユンファのいるアヌマーンの居室を訪れる。

部屋の主は大抵夜まで不在にしているので、仔ライオンは退屈して部屋の隅で体を丸めていた。

「ユンファ」

これまでは大好きな名前だったのに、呼ぶときに胸がちくりとした。

マキナの姿を見ると、ユンファは喜んで駆けてきた。

「今日は遅くなってごめん。お医者さん帰ったか。なにも問題なく育ってるといいな」

ユンファは尻尾を振りながら、マキナに馬乗りになって顔を舐める。

「重いって、こら、くすぐったいよ！　あはは、こらってば！」

一点の曇りもない愛情表現に、ふいに涙がぽろりと零れた。

「あれ……？」

泣きたいわけではないのに、ぽろぽろと涙が溢れてくる。

「え……、ちょっと……」

自分でも戸惑って、慌てて袖で涙を拭いた。

ユンファが心配そうにマキナの涙を舌で舐める。温かな感触に、胸が詰まった。

「ユンファ……！」

たくましくなってきた首に抱きつき、涙をこすりつける。

大好きなユンファと、アヌマーンの婚約者だったという少女を重ねて引っかかりを持ってしまう自分が嫌だ。ユンファには関係ないのに。

それでも溢れてくる感情が止められない。

ユンファの首筋で涙を拭っているうちに、長くなってきた毛に隠れた首輪についた金の環に気づく。

どうしても気になって、首輪を外して金の環を手に載せた。

やはり指環のようだった。内側を覗くと、名前が二つ並んで刻印してあった。

――アヌマーンとユンファの名が。

「う……」

苦しくて嗚咽《おえつ》が止まらない。

どう見てもライオンのユンファのために新しく作ったものではない。結婚指環にする予定だったのだろう。

アヌマーンは婚約者のことを忘れていない。あのとき寝言で呟いたのも、ライオンではなく婚約者のユンファの名だったに違いない。

「ユンファ……」

愛しいライオンの頬を撫で、頭を胸に抱き寄せた。

「いいなぁ、おまえ。アヌマーンの好きな人の名前もらえて」

きっとユンファの名を呼ぶとき、アヌマーンの胸には恋しい少女の面影が浮かぶのだ。

「いいなぁ……、おれも……」

愛されたい。

婚約者だったら、愛を囁かれていただろう。今のマキナにはもらえない言葉を。

「気が向かないとはどういう意味です」

厳しい声音でメイランに問われるが、マキナは頬杖《ほおづえ》をついて窓の外を見たまま、ぶっきらぼうに答えた。

「そのままの意味だよ。気が乗らないときだってあるだろ」

今夜はアヌマーンの居室に行きたくないと断ったのである。

いつもならとっくに行ってアヌマーンの帰りを待っている時間だ。

「気分の問題ではございません。陛下のご寵愛はいつまで続くかわからないのです。可能なうちに陛下の種をもらい、お子を作らねば」

頭にカッと血が上った。

忘れられない女性がいる男から、寵愛なんてされているはずがない。自分はせいぜい目新しいおもちゃなのだ。

「なんだよ子ども子どもって！　おれの気持ちは完全無視かよ！　好きでもない男に媚売って毎晩脚開いて、どんな気持ちだと思ってんだよ！　たまには休ませろ！」

肩で息をしてメイランを睨みつけた。

過剰な反応に、さすがのメイランも驚いているようだ。自分でも乱暴だと思う。

でも今日は気持ちが収まらない。こんな気持ちでアヌマーンに抱かれるなんて無理だ。

好きでもない男なんかじゃない。好きだから、他に気持ちがあるとわかってしまったら耐えられない。

〝好きでもない〟はマキナに対するアヌマーンの気持ちだと、言ってしまってから気づいて勝手に傷ついた。

理由は言えないけれど、今日くらい気持ちを落ち着かせて欲しい。明日からまた頑張るから。

「マキナさま……」

メイランがなにか言いかけたとき、部屋の扉が叩かれた。

訪問者と言えば、宦官か使者か皇帝しかいない。

一瞬眉を顰めたメイランが扉を開けると、アヌマーンが立っていた。

――今の怒鳴り声を聞かれたかもしれない。

メイランが拝礼する。

「恐れながら、陛下。マキナさまは本日体調が優れず、ご訪問が叶いませんでした。使者を送るのが間に合わず、申し訳ございません」

「そうか。ならば見舞い代わりに来てみてよかった」

アヌマーンはそう言って、頬杖をついたまま自分の方を見もしないマキナを一瞥《いちべつ》し、メイランに手振りで部屋を出ていけと合図する。

メイランは頭を垂れ、心残りな顔をしながらも部屋を後にした。

部屋が静かになると、アヌマーンはマキナの側まで歩いてきた。

「どうした、マキナ。具合が悪いなら寝ていた方がいい」

「ごめん、帰ってくれる？」

顔を見る気になれず、窓の外を見たまま口だけを動かした。

どうしてここに来るのだ。せっかく今夜は一人で頭を冷やそうと思ったのに。

アヌマーンはなにも悪くない。嫉妬はマキナの問題だ。けれど八つ当たりしてしまう自分を止められないから、出ていって欲しい。

「なにを怒っている。私がなにか気に障ることをしたか」

「別に、なにも」

こんな態度を取ってしまう自分が心底厭《いと》わしい。

お願いだから出ていって。

アヌマーンはしばらくマキナの横顔を見ていたが、淡々とした声で言った。

「好きでもない男に抱かれるのが嫌になったか。あんなに私に好きと言ったくせに、子種だけが目当てだったたか」

やはり聞かれていた。

心にもない言葉を聞かれ、マキナの中でなにかが音を立てて切れた。

「あんただって……」

振り向いて、精悍な顔を睨みつける。

他に好きな人がいるくせに。おれには好きだなんて言ってくれないくせに。

「別におれじゃなくたっていいんだろ、田舎育ちの変わったオメガが入ってきたから面白がっただけで！　性欲処理なら、あんたのベッドに行きたいオメガなんかたくさんいる！」

言ってしまってから、自分の言動に青褪《あおざ》めた。

こんなことを言ったら、もう後宮から追放されて国に帰されるかもしれない。

そうしたら村を守れない。

「……っ、ごめんなさい」

悔しさに唇を震わせながら、激昂《げっこう》した気持ちを押さえつけて頭を下げた。

マキナの立場は、自分だけのものではないのだ。村のために、なんでもすると心に誓ってここに来たじゃないか。

相手に好きな人がいるくらい、大したことじゃない――。

「ごめんなさい、ちょっといらいらしててひどいこと言った。発情期近いからかな、不安定になっちゃって……。しよ？」

無理やり笑顔を貼りつけて、服の帯を外した。

上衣を脱ごうとするマキナの手を、瞳に怒りを滲ませたアヌマーンがつかんで止める。

「そんなに種が欲しいか、愛想笑いまでして。おまえがそんな人間だったとはな」

マキナの唇がひくりと震える。

好きな人を怒らせてしまうのが怖い。恋心が臆病なものだと、初めて知った。でも……。

「欲しいよ……」

アヌマーンの瞳がぎらりと光る。

マキナの手を突き放し、くるりと背を向けた。

「性欲処理か。おまえがそう思うならそれでもいい。確かに花には困らない」

言い捨てて、アヌマーンは部屋を出ていった。

なんの音も聞こえなくなってから、膝が力を失って床にしゃがみ込んだ。

「好きなのに……」

口の中で呟いて、胸にわだかまる悲しみを逃すように長い息をついた。


マキナは手に載せた指環をぼんやりと見つめた。

ユンファの首輪についていた、アヌマーンと婚約者の名前を刻んだ結婚指環だ。ユンファがずっと身に着けていると思うと苦しくて、つい外したまま持ってきてしまった。

「返さなきゃな」

とても大事なものだ。失くしていいものではない。

ユンファの毛は長くなっていて首輪はほとんど埋もれているから、すぐには気づかれないかもしれないが、早く返すに越したことはない。

けれどあんなことを言ってしまって、すぐにアヌマーンの部屋を訪れるのはためらわれる。ため息をついていると、

「マキナさま、お着替えを」

背後からメイランに声をかけられて驚いた。慌てて指環を懐に突っ込む。

「あ……、や、えっと……、着替え？」

すでに寝衣からは着替えている。

メイランが手に持っていたのは、旅用のしっかりした素材の服だった。

国に帰されるのかと、スッと血が足もとまで下りた。

「おれ……、帰されんの……？」

メイランは訝しげに眉を寄せ、首を横に振った。

「海へ向かわれると聞いております。そのようなお話を皇帝陛下とされたのではありませんか？　使者はそのように申しておりましたが」

あっ、と思い当たった。

以前行ったオアシスで、海を見せてやると約束してくれた。まさか本当に連れていってくれるとは。

「先日はずいぶん不敬な態度を取ってしまいましたから心配しておりましたが、どうやら杞憂《きゆう》だったようです。旅の間、ぜひ挽回してくださいませ」

あんなに怒っているようだったのに気にしてくれたのかと思うと、マキナの心にぽっと温かいものが点《とも》った。

＊

舗装された道の移動は馬車で、砂漠地帯はラクダでと、ときどきで乗りものを変えて道を進んだ。アヌマーンとマキナの他は、最低限の警護だけ。従者はつけずメイランも置いてきた。少人数で身軽に素早く移動したいらしい。

馬車の中でもラクダに乗っていても、会話ひとつない気詰まりな空気が続いていた。アヌマーンも口を開かないが、自分もなにを話していいかわからない。

一日中の移動よりも、その空気がとても疲れる。夜はあらかじめ連絡が行っていたらしい宿で休んだ。

一緒の毛布にくるまっていても、アヌマーンがマキナに手を触れることはない。警護の人間もいるし旅の間だから当然なのだが、とても寂しかった。

（もう、嫌われたのかな……）

あんなことを言ってしまったのだから、それも不思議はない。だとしたら、なぜ旅に連れ出してくれたかはわからないが。

あの暴言を謝りたいと思っているが、もとが意地っ張りなこともあってなかなか素直になれない。それに思い出させて怒らせてしまうかもと思うと、マキナらしくもない臆病心が顔を出して口が重くなる。

旅に出てから数日後、砂漠の途中でテントを張って夜を過ごすことになった。

簡単な夕食後、兵たちは大きなテントへひとまとめに、アヌマーンとマキナはひとつの小さなテントへ入る。中に絨毯を敷いているので、砂の上の寝心地は悪くない。

「マキナ。明日は町に着いてしまう。まだ眠くなかったら、今夜のうちに砂漠の星を見に行かないか」

挨拶以外でアヌマーンが声をかけてくれるのは、旅に出てから初めてだ。

ここで意地を張ってはいけないことは、マキナにもわかる。

「……うん、行きたい」

それだけ言うのに、びっくりするほど心臓がどきどきした。

二人でテントを抜け出し、砂丘をいくつか越えると、すぐにテントは見えなくなった。イビドラは砂漠国といっても岩や乾燥した土地が多く、マキナは砂丘に来たのは初めてである。

さらさらとした砂に足が埋まるのは新鮮だ。

アヌマーンが足を止め、並んで砂の上に腰を下ろす。見渡す限り月に照らされた白い砂丘が続くのは、神秘的な光景だった。

「ちょっと寒い」

日中はものすごい暑さだが、今は長袖を着ていても少し寒い。

「夏だからこの程度だが、冬は夜になれば凍るほど気温が下がるぞ」

「そうなんだ」

マキナがくしゃみをして、アヌマーンはおもむろに服を脱ぎだした。

「なに……」

「寒いんだろう。温かくしてやる」

まさかこんなところで抱くつもりじゃ、と身構えたが、アヌマーンは見る間にライオンに変化した。

ぐいと口で腕を引かれ、寝そべったライオンにもたれかかる。

「あ、ふわふわ……」

体温が毛皮の下から感じられて、くっついているととても温かい。思わず体を寄せて背に頬ずりをした。

「あったかい」

ライオンは満足げにのどを鳴らす。

そして上を見ろと言うように首を夜空に向けた。ライオンに背を預け、一緒に空を見上げる。

「うわ、星すごい。きれい」

遮るもののない濃紺の夜空に、宝石をまき散らしたような星がちりばめられている。ところどころ、星が流れていくのが見えた。

物音ひとつ聞こえない場所で、アヌマーンと二人きり。あのオアシスで泳いだときを思い出し、素直な気持ちが口を衝いて出た。

「こないだは、ひどいこと言ってごめん。あんなこと聞かれて今さらって思うかもしれないけど、おれアヌマーンのこと好きだよ」

ライオンが嬉しそうにマキナに額をすり寄せる。やわらかな鬣に口づけた。

指環も返そうと思ったが、テントにある昼用の外套の中に置いてきてしまった。それはまた明日町に着いてからにしよう。

ライオンにもたれたまま美しい夜空を見上げ、眠くなるまで穏やかな時間を過ごした。

海沿いの町に到着したときは、日没間近だった。水平線の向こうに夕焼けが落ち、波頭をキラキラと輝かせているのがとても美しかった。

海岸線は独特の香りがし、これが海の匂いなのかと感心した。

町中を歩いていくと、あちこちから美味《おい》しそうな匂いがして空腹を刺激する。

ぐる……、と腹を鳴らしたマキナを見て、アヌマーンは笑った。

「宿には食事を用意してもらってある。蟹《かに》は食べたことがあるか？　美味いぞ」

言葉通り、本当に蟹は美味しかった。

それ以外にも大きな海老や香辛料のたっぷり乗った新鮮な魚、すり身を使った蒸しものなど、マキナが見たことのない料理がたくさんあった。

知らない町で、二人でなら一緒にいるだけで楽しくて、マキナもよく笑った。

食後は部屋に行き、疲れた足を休ませる。

宿は王族が使うのに充分な広さのある戸建て仕様で、中庭には大きな人工池もあった。海に面した窓からは砂浜に出られる作りである。

「外に出てみるか。暗いから、泳ぐなら昼の間になるが」

とにかく海は初めてなので興奮する。

「行ってみたい」

すでに外は真っ暗なので、宿の外に据えつけられたランタンの灯りが届く範囲だけ、海に近づいてみる。

真っ黒の波が打ち寄せては砕ける音がして、初めてのマキナにはそれだけで楽しかった。

「すごいな、波ってどうして起こるんだろう。すごい巨人が海の向こうにいて、息を吹いてんのかな」

まるで子どものようなことを言うマキナに、アヌマーンは横顔で笑ってみせた。

「さあな。世の中は不思議なことだらけだ」

「獣に変身する人間がいたり？」

「ああ、男でも妊娠する人間がいたり、な」

互いに顔を見合わせて、プッと笑う。

それからまた二人で、なにもない海を見た。

誰もいない空間で髪を海風になびかせながら、ポケットの中で、返そう返そうと思ってなかなか出せずにいた指環を握る。

「あの、さ……」

マキナが言いかけると同時に、アヌマーンが口を開いた。

「ここは私の婚約者だった女性の生まれ故郷だ」

とん、と暗い穴の前で背中を押されたような気になった。

「こん、やくしゃ……？」

「ずいぶん前に亡くなった。私は彼女との約束を守って、今まで誰とも結婚しなかった」

約束。

マキナの胸に亀裂が入った気がした。

婚約者との約束なんて、結婚の約束以外ないじゃないか。ユンファという名の少女は、亡くなってまでアヌマーンを縛りつける。

アヌマーンにはもともと妻を娶る気などないのだ。一生独身で、正妃は不在のまま全員が妾。

じわ、と指環を握る手が汗ばんだ。

だったらどうしてこんなところに連れてきたんだ。亡くなった人間を越えることなんてできない。

「ユンファという名で……」

「聞きたくない！」

大声で遮って、アヌマーンを突き飛ばした。

二人の間に、冷たい距離が空く。

瞠目《どうもく》するアヌマーンを、正面から睨みつけた。

「知ってるよ、ユンファだろ。小さい頃から一緒に育った、今でもあんたの大好きな人。ライオンに同じ名前つけるくらい忘れられない人」

「どうして……」

なぜ知っているのだと、アヌマーンが眉を寄せる。

マキナはポケットから、指環を取り出した。

「それは……！　失くなったと思っていたら、おまえが持っていたのか。返してもらおう」

取り返そうとしたアヌマーンの手を避けて、後ろ手に隠す。

そして心の底から叫んだ。

「おれを見てよ！　過去の人じゃなくて、今あんたを好きなおれを見て！　もうユンファに囚われないでくれよ！」

言って、海に向かって思いきり指環を放り投げた。

「おまえ……っ！」

投げた指環はあっという間に闇に溶けて見えなくなり、水面にぶつかった音すら、波に紛れてよくわからなかった。

アヌマーンはとっさに指環の投げられた方を見たが、やがて諦めたように視線を伏せてこちらに向き直る。

「どうしてこんな真似をする」

怒りを押し殺した、地を這うような低い声だった。

背筋がぞくりとする。

「…………、あんたのことが、好きだから」

アヌマーンの瞳が燃えている。マキナの心に一点の嘘でもあれば断罪せんとばかりに。強い眼光にたじろぎそうになったが、きつく弾き返した。

「そうか」

アヌマーンは息をついてマキナに背を向けると、着ているものをすべて脱ぎ落とした。マキナを振り向き、最後に視線を合わせる。

「頭を冷やしてくる」

それだけ言うと、一瞬でライオンの姿に変わって海岸を駆け去っていった。

長い時間アヌマーンの消えていった方角を眺め、それから指環を投げ捨てた海を見つめた。

（ユンファ……）

すでに強い後悔がこみ上げている。

二人の純粋な愛の証《あかし》を、自分の醜い嫉妬で消してしまった。こんな自分が、アヌマーンに好きになって欲しいと言う資格なんかない。

重い足を引きずり、とぼとぼと宿に帰る。宿に入ると、ひと目で貴族とわかる立派な身なりをした中老の夫婦が、宿の支配人とともに待っていた。

支配人は一人で帰ってきたマキナに、不審げなまなざしを向けた。

「おかえりなさいませ、マキナさま。アヌマーンさまはご一緒ではありませんか」

「あ……、もう少し一人で散歩をしてくると……」

「さようで。こちらはチュウチャウ伯爵夫妻。アヌマーンさまのお帰りをお待ちになってもよろしゅうございますか」

チュウチャウ。

ユンファの母ライオンの名だ。ではこの夫婦は。

「ユンファの両親でございます」

人の好《よ》さそうな夫婦は、深々と頭を下げた。


マキナは宿の応接室でチュウチャウ伯爵夫妻と向かい合って座り、宿つきの使用人が淹れてくれた茶を勧めた。

夫妻はとても親密そうな目でマキナを見ている。伯爵が丁寧に頭を下げた。

「本当は明日お伺いする予定でしたのに、気が逸《はや》って今晩やってきてしまいました。アヌマーンさまがご不在とは、大変な失礼を……」

「いえ……」

明日会う約束をしていたのか。

少女のような雰囲気を漂わせた伯爵夫人は、マキナを見ながらほほ笑んだ。

「マキナさま。アヌマーンさまがお選びになられた方にご紹介いただけると聞いて、わたくしども本当に喜んでおりますのよ」

「紹介？」

夫人はころころと笑った。

「あらあら、恥ずかしがらないでくださいまし。アヌマーンさまとご結婚なさるのでしょう。ユンファもやっと墓の下で安心できますわ」

「え……」

ええー！　と心の中では大声で驚いていたが、しとやかさを保つ訓練が功を奏して、なんとか表面は取り繕った。

結婚？　なんのことだ。

「申し訳ございません。ユンファ……さまのことは、お名前とかつてのご婚約者だったことくらいしか存じ上げず……」

「まあ、そうかもしれませんわね。差し出がましいようですが、わたくしたちの娘のことで、旦那さまとわだかまりを残していただきたくありませんもの。簡単に言わせていただくと、アヌマーンさまはお約束を守ってくださったということですわ」

簡単すぎてよくわからない。

説明が得意でなさそうな夫人に代わり、伯爵が口を開いた。

「娘のユンファは幼少期に皇帝陛下の婚約者として宮殿に差し上げました。陛下は娘をとても可愛がってくださいましたが、結婚を目前に病で亡くなってしまいましてな」

それは宦官から聞いた。

「娘は遺言として、アヌマーンさまに心から好いたお方と結婚して欲しいと言い残しました。そんな遺言は忘れてよいご縁をとわたくしも何度もご注進申し上げたのですが、娘と約束したからと、アヌマーンさまは律義に守られていたのです」

心から好いたお方。

それは、誰のことだ。

夫人は懐かしいものを思い出すような目で、中空を見た。

「娘を亡くしたわたくしたちにも本当によくしてくださって……。だから今回、娘の墓参りを兼ねてわたくしたちにご結婚相手をご紹介くださると聞いて、年甲斐《としがい》もなく浮かれて押しかけてしまいましたの。お許しくださいませね」

アヌマーンの真意を知って、自分の浅慮《せんりょ》に衝撃を受けた。

なんで……。

言ってくれればよかったのに。そうしたら、あんなこと……。

亡くなる直前のユンファを思い浮かべる。やせ細り、青褪めた顔をした少女が婚約者に求めた純粋な願い。

自分のしたことに目の前が真っ暗になって、衝動的に椅子から立ち上がった。

「お、おれ……、いや、わたくし……！」

伯爵夫妻が目を丸くしてマキナを見る。思いきり頭を下げた。

「申し訳ございません、ご挨拶は後日あらためて……！　今宵は急用ができましたので失礼いたします！」

礼儀などかなぐり捨てて部屋を飛び出し、海岸へ走った。

探さなければ。

あの指環を、海の中から。自分なんかが触れていいものじゃなかった！

死の直前までアヌマーンの幸福を願った、美しい心のユンファ。自分なんか彼女の足もとにも及ばない。

「うそ……」

海を目の前にし、あらためてその広さと大きさに愕然とする。

(どの辺に投げたっけ)

宿の光の届くところからだった。確か、あの辺りに立って、あっちの方へ……。いや、もう少し向こうだったかも。

考えれば考えるほど、あっちだったかもこっちだったかもと思えてくる。

「……――っ、ちくしょう！」

いちばんこの辺だと思うところに飛び込んでいった。

水をかき分け、ある程度の距離まで来ると海に潜って足もとの砂をすくった。

「ぷあっ！」

海水が目に沁《し》みる。

でも水の中で目を開けても、砂の辺りは真っ暗でちっとも見えない。

諦めるな。砂をすくっていたら、拾い上げられるかもしれない。万が一、百万が一にでも可能性があるなら、見つかるまでやるだけだ。

何度も潜っては、砂をすくった。

息継ぎに失敗して海水を飲み込んで咳《せ》き込み、砂に足を取られて予期せぬ方へ転び、だんだん体力が削《そ》がれて潜れる時間が短くなっていく。

（諦めるな、諦めるな……！）

視界が霞《かす》む。

耳が聞こえない。

砂をさらう手の感覚も、もうよくわからない。

「う……、ごほっ……」

気づけば最初の腿《もも》辺りの深さから、胸まで海水に浸《つ》かっている。意識を朦朧《もうろう》とさせながら水に潜った。

水中で転ぶように回転し、もう足もとの砂をさらえるほど深く潜れず、砂を蹴って水面に戻ろうとした。

が。

――――砂がない！

足に触れる砂がない。慌てて動かした両足は、ただ水を掻《か》くだけ。

真っ暗な水の中で、がぼりと肺の空気を吐き出した。

（苦しい！）

意識が遠のいていく。なにも見えず、自分が上を向いているか下を向いているかさえわからない。

頭の中すら、諦観《ていかん》という名の水に浸《ひた》されていった。

指環を見つけられなかったことが、ただただユンファァとアヌマーンに申し訳ない。

ごめんなさい、と心の中で繰り返した。

水に沈んでいきながら、最後に見たアヌマーンの怒った顔を思い出した。

笑う顔が好きなのに、あんな顔をさせてしまった。指環を捨てたことを、ちゃんと謝りたかった。

ごめんなさい……。

意識が消えかかったとき、ものすごい力で腕を引かれた。ぐん、と体を持ち上げられて、一気に水面へ押し上げられる。

「げほっ……！　ぐ、っ、がは……っ！」

いきなり視界が開き、肺に空気が飛び込んだ。入れ替わりに水を吐き出し、苦しさでひたすら咳き込む。

霞む視界に、濡れて色を変えた長い毛が見える。マキナを運びながら泳ぐ大きな生きものは、ライオンだった。

「アヌマ……ごほっ！」

ひゅうひゅうとのどを鳴らし、ひたすら酸素を取り込んだ。

気づいたときは、砂浜の上に寝転がっていた。

水を吐き出し、ぐったりとしたマキナをアヌマーンが抱きしめる。ライオンになって海に飛び込み、助けてくれたのだ。

「……め、なさ……、ゆびわ、みつからなくて……」

「馬鹿が！」

雷のような声でアヌマーンが怒鳴る。

こんなに激昂した彼を見たことがない。

「ごめんなさい……」

「もういい。私も言葉足らずだった。ちゃんと話しておけばよかったものを。頼むから、二度とこんな無茶をするな。命以上に大切なものなどない」

悲痛な声で懇願するのに、胸が痛くてたまらなかった。笑って欲しいのに、また辛い顔をさせている。

「苦しいだろう。部屋に戻って医師を呼ぼう。体も流してやらねばな。なにか欲しいものはあるか。水か、毛布か」

自分の方が、医師が必要そうな苦しそうな顔をしている。

マキナを覗き込むアヌマーンの頬に手を当てて、今いちばん欲しいものを口にした。

「えがお……」

アヌマーンは泣き笑いのような表情をしながら、マキナに口づけた。

オアシスでしたときと同じような、塩の味がした。

6.

アヌマーンに抱かれて宿に戻り、真水で髪と体をすすがれた。

外傷はなく、医師も念のためひと晩ゆっくり休むようにとだけ言って帰っていった。

「迷惑かけてごめんなさい、助けてくれてありがとう」

横になったマキナの髪を、ベッドに腰かけたアヌマーンがやさしく指で梳《す》く。

「チュウチャウ伯爵夫妻と話をしていたと、さっき支配人から聞いたぞ。ユンファの遺言のことを聞いたか」

「うん」

「そうか。あの約束のことは私とチュウチャウ伯爵夫妻しか知らないから、私は周囲から相当選《え》り好みの激しい偏屈な男と思われていたろうな」

笑っているが、好きな人ができなかったら、一生独身で過ごしたのだろうか。

皇帝なのに。後継ぎも必要なのに。

「ユンファのこと、好きだったんだね」

十年以上も他の人と結婚を考えられないくらい。

「ん？　ああ、好き……、ではあったが、私にとっては妹も同然だった。七歳の頃から側にいたんだから、当然だと思わないか。正直、結婚しても抱けたか自信がない。発情期が来たらなんとかなるだろうくらいにしか考えていなかった」

「家族だったんだ」

「なるほど、そっちが近い。ユンファも私に対しては兄のような感情しかなかったろう。一度頑張って口づけようとしたら、大笑いして突き飛ばされたんだぞ」

アヌマーンにもそんな頃があったのかと思うと、ついほほ笑んでしまった。

ユンファの話をするアヌマーンの表情が穏やかで幸せそうで、自分も嬉しくなった。

「指環のこと、本当にごめんなさい。見つけられなくて」

そのことが、本当に申し訳ない。

あのときに戻れるなら、自分を殴り飛ばしてでも指環を奪い返すのに。

「もういいと言ったろう。おまえにそんな想いをさせていて気づかなかったのは、私の不甲斐なさだ。ユンファも怒りはしない。むしろ指環など取っておいたことでおまえを苦しめた私に腹を立てているだろう。そういう子だ。好きな人ができたら紹介すると約束していたからな。やっとあの子を安心させてやれる」

「それって……」

チュウチャウ伯爵夫妻も言っていたが、本当にマキナのことなのだろうか。

アヌマーンは色香の滴る笑みを浮かべると、マキナの額に唇を落とした。

「その話はまた明日だ。おやすみ」

アヌマーンが出ていって静かになった部屋で、自分の心臓の音だけがやけに大きく耳に響いていた。


ユンファの墓廟《ぼびょう》は、海が見渡せる丘の中腹にあった。

方形の墓室に半円形の丸い屋根がかかった、真っ白な廟だった。愛らしいピンクの花が扉の両側に飾られていて、若くして亡くなった少女らしさがもの悲しい。

中に入ると、白い石でできた墓標の周りにはユンファの持ちものだったと思われる人形や装飾品が並んでいて、本当に少女の部屋のようだった。

「久しぶりだ、ユンファ」

アヌマーンが愛おしげに墓標を撫でる。きっとこんなふうに妹も同然の婚約者の髪や頬を撫でていたのだろうと想像できる、やさしい手つきだった。

墓標の前でアヌマーンと二人で膝をつき、長い時間祈りを捧《ささ》げた。心の中で何度も指環のことを謝った。

やがてアヌマーンは顔を上げると、

「立ってくれ」

とマキナを促す。

マキナが立ち上がっても、アヌマーンは膝をついたままだ。訝しんでいると、アヌマーンは片膝を立ててマキナの左手を取って指に口づけた。

マキナの頬が一瞬で赤くなる。アヌマーンはマキナの手を取っているのと反対の手で、懐から金の指環を取り出す。

アヌマーンが捧げ持った指環の内側の刻印に、視線が吸い寄せられた。

――アヌマーンとマキナの名が彫ってある。

昨日今日作れるものではない。

旅に出る前から準備してくれていたのだと思うと、あらためてユンファの名を刻んだ指環を投げ捨てたことに強い後悔を覚えた。

胸苦しさに顔を歪めたマキナに、アヌマーンはもう忘れろというように静かに首を横に振る。

「結婚して欲しい」

唇を触れたまま言われ、吐息にくすぐられてぞくぞくする。上目遣いにマキナを見る強いまなざしに、急速に体温が上がっていった。

「おれ……」

「返事を聞く前に、言っておかねばならないことがある」

マキナが応える前に、アヌマーンが遮った。

アヌマーンの瞳が甘さだけではない真剣さを帯びているのに気づき、心臓がどくりと鳴る。

「……なに？」

「私の子が今までできなかった理由についてだ」

胸の中がざわりとした。

おそらくユンファを失った喪《も》が明けたらすぐに、国内や従属国からオメガが贈られてきたのだろう。

色事に熱心でないとはいえ、十年以上も後宮に何人もオメガを抱えて、それなりの行為はしてきたはずだ。嫌み混じりに、種なしなのではないかとメイランに零したりしたけれど。

どくん、どくん、と自分の心臓の音が耳に響く。緊張で胸が痛い。

なにを聞かされるのだろう。

マキナの目を見ながら、アヌマーンははっきりと衝撃的な言葉を口にした。

「私の種は、獣姿で交わらないと実を結ばない」

す、と背筋が冷たくなる。

「え……、それって……」

「私の子を孕むためには、ライオン姿の私を受け入れる必要がある。理由はわからないが、私の一族は代々人の姿でいくら性交しても種はつかない。あまりにオメガに残酷で、花嫁になってくれる人物にしか言えない事実だ。だが結婚相手には知らせておかねばならない」

しばらくの間、理解できなかった。

アヌマーンのライオン姿は好きだけれど、性的な目で見るなんて考えたこともない。

怯えた目をしてしまったのだろう、アヌマーンは切なげに目を細めた。だがすぐに強い視線を取り戻すと、マキナの手を強く握った。

「マキナ。私はおまえを愛している。結婚して欲しい。もうおまえしか考えられないんだ。おまえが怖いなら、子どもは諦める。それでもおまえがいい」

「あ、諦めるって……」

アヌマーンの言葉に慌てた。

皇帝が世継ぎをいらないと言うなんてあり得ない。

「獣の血が絶えようとも、皇家の血が絶えるわけではない。傍系《ぼうけい》の皇族が継げばいい。必ずしもアルファだけが継承権を持っているわけではないからな」

そうかもしれないけれど……。

「おまえを、愛している」

ゆっくりと、だがはっきりと言った。

そして審判を待つように、唇を結んでマキナを見る。

アヌマーンの琥珀色の瞳を見て、視線を指環に移した。二人の名の並んだそれは金色に輝いて、見つめていたら身の底から愛しさがこみ上げてきた。

皇帝なのに。

跪いて愛を乞うている。

大事な後継ぎより、マキナを選ぶと。

「アヌマーン……」

鼻の奥がつんとする。マキナがいれば子どもはいらないと言うほど愛してくれるアヌマーンの子が、欲しくてたまらなくなった。とくん、とマキナの腰の奥が脈打つ。

屈み込んで、アヌマーンに口づけた。瞳を覗き込みながらほほ笑む。

「いいよ……」

アヌマーンの目がかすかに開かれる。

「いい、とは?」

「だから……、いいよ。おれもアヌマーンの子ども欲しい」

「祖国のためか?」

ついカッとなった。そう思われても仕方ないけれど。

「ばかっ! アヌマーンが好きだからに決まってんだろっ!」

言うなり、激しく唇を奪われた。

後頭部を押さえられ、飢えた獣のように口腔を貪られる。

「んぅ……、ふっ……」

涙が浮かぶほど息苦しくなった頃、ようやく解放されてぐったりとアヌマーンにもたれかかった。いつの間にか立ち上がっていたアヌマーンにきつく抱きしめられる。

「いいのか。ライオンとなんて怖くはないのか」

あらためて聞かれると、足が震えそうだけれど。アヌマーンの子をこの腕に抱く図を想像するだけで幸せな気持ちが溢れてくる。

「怖くないって言ったら嘘になるけど……、でも、おれライオン姿のアヌマーンも好きだよ」

アヌマーンは口もとを弛めて、もう一度触れるだけのキスをした。

そしてマキナの左手の薬指に指環を填め、そこにも唇を落とす。

「ユンファの目の前で求婚を断られなくてよかった。この子に求婚を見届けてもらおうと決めていたんだ」

二人で墓標に目をやると、白い石がとても嬉しそうに輝いているように見えた。

「チュウチャウ伯爵夫妻にも、求婚を受け入れてもらった報告をしないとな。あらためておまえを紹介したい」

「おれも昨日、チュウチャウ伯爵夫妻に失礼な勢いで部屋飛び出しちゃったから、謝りに行きた……、あ……っ⁉」

かく、と膝の力が抜ける。

思わずアヌマーンにしがみついた。

「どうした、マキナ」

体の芯に火が点ったように熱くなった。

下腹が疼き、アヌマーンの匂いを嗅ぐと後孔がきゅうっと引き締まる。これは……。

「ど、どうしよう……、発情………、あっ！」

つきん！　と痛いほどの快楽が体の中心を差し、すでに張りを強くした雄茎を手で押さえながら床にしゃがみ込んだ。

発情期にしても、昂り方が急速すぎる。どうしてこんな。

「抱いて運ぶより、ライオンになって背に乗せて駆けた方が速いな。私が脱いだ服で体を固定しろ。つかまっていられるか？」

アヌマーンは服を脱ぎ捨て、見る間にライオンに変わった。

言われた通り、ライオンの背に体を重ね、服で胴体を縛りつける。これで少しは固定されて落ちにくい。

豊かな鬣に頬を押し当てて首に腕を回すと、ライオンはマキナを乗せて墓廟を飛び出した。

宿に着くなり、アヌマーンは人の姿に戻ってマキナを抱きしめた。

戻ってくる間にも体の疼きは激しくなり、脚に挟んだライオンの背で陰茎を刺激されるたび、軽い絶頂感を何度も味わった。

淫孔から溢れた蜜液が下穿きまで滲み出し、恥ずかしいほど濡れそぼっている。

「苦しいか、マキナ」

アヌマーンは発情に身悶えるマキナの体をベッドに横たえ、衣服を剥ぎ取っていく。

見上げたアヌマーンの瞳もマキナの発情に中てられているのが、熱に曇った頭に素直に嬉しかった。

誰より愛しい顔を引き寄せ、噛みつくようにキスをする。

「……き、……すき、アヌマーン……！」

「マキナ……、愛している……！」

混じり合った唾液が零れるのも構わず、互いに獣のように相手の舌を貪った。淫靡な汗で湿ったマキナの肌を、痛いほどの力でアヌマーンが愛撫《あいぶ》していく。

キスの勢いが余って顎下《がっか》に噛みつかれ、痛みと同等の快感に背をしならせた。

「いたっ……、あ……、いい……！」

アヌマーンはいつもマキナの全身を噛む。そうされると、ライオンに喰われているようで恍惚となる。

アヌマーンに喰われている。自分は彼のものなのだと。

噛まれると感じてしまって、いっそ喰いちぎって欲しいとさえ思う。

「アヌマ……、もっと……」

噛んで。痛くして欲しい。

アヌマーンの両手が力強くマキナの胸を寄せ上げ、色づいた乳首がつんと勃つ。

舐めて欲しいと懇願するようにぷっちりと勃った乳頭を舌先でちろちろとくすぐられ、もどかしい快感に腰をよじった。

「あ……、ん……ん……」

片方の乳首を舌全体でねぶられ、乳暈《にゅううん》ごと唇で覆って吸い上げられ、軽く歯を立てられてよさに涙が零れる。アヌマーンの体の下で、マキナの陰茎がぴくんぴくんと跳ねた。

もっと強い刺激が欲しい。

発情で昂った体が、おかしくなるほどの快楽を求めている。

「もっと痛くして……！」

自分がどれだけ淫らな懇願をしているか自覚できない。淫欲に支配された頭は、素直に欲望を口にする。

ガリッ！　と乳首を齧《かじ》られ、脳髄に刺さるような痛みに強烈に感じた。

「あああああ――――……ッ！」

マキナの雄蕊から、白蜜が弾け飛ぶ。

勢いよく飛んだ精は胸近くまで汚し、脇腹を伝った。淫猥な生温かさにぶるりと身を震わせる。

「ん……、あ……、こっちも、して……」

噛まれた方はルビーのように色を変えているのに、もう一方は淡い色合いで可愛がられるのを待っている。

「このままの方がいやらしくていい」

刺激を待ち望む胸の尖りを舌でねろりと舐められて、うなじまで快感が這い上った。

意地悪を言うアヌマーンの瞳が、マキナの欲情に煽られて雄臭く光っている様にぞくぞくする。

並んだ胸粒の色の違いがいやらしくて目眩がした。一つは真っ赤に腫《は》れてアヌマーンの唾液でてらてらと光り、もう一つは少女のように清楚《せいそ》に佇《たたず》んでいる。

アヌマーンはマキナの腹に飛んだ白濁を指ですくい、真っ赤な乳首に塗りつけた。

「んあっ、ああ……、やぁ……」

赤と白の対照が卑猥すぎる。

「きれいだ、マキナ。おまえほど私を満たしてくれる存在は、他にいない」

アヌマーンはうっとりとマキナを眺め、自分で汚した乳首を口に含む。舌で癒すようにやさしく舐められて、胸の内側から喜びと幸福感が盛り上がった。

「アヌマーン、すき……」

「愛している、私のマキナ」

愛している。

ずっと抱き合っていてももらえなかった言葉。

愛を伝え合うと、発情とは関係なく心が気持ちいいのだと知った。

囁かれるたび、心も体も甘く潤む。アヌマーンの種が欲しいと、腰の奥から潤滑《じゅんかつ》するための蜜液が溢れてくる。

マキナの後孔からとろりと蜜が滴り、甘い香りが広がった。

自分の欲情の匂いを嗅いだら、蕾《つぼみ》がひくついて我慢できなくなった。

「ほしい……!」

マキナの乳首を舌で可愛がるアヌマーンの髪をぐしゃぐしゃにつかみ、興奮のまま顔を上げさせて唇を奪った。

「ふ、う……、んん……、っ」

マキナのそんな乱暴な仕草にも、アヌマーンが燃え上がっているのが激しい舌の動きでわかる。だが性急であっても、アヌマーンはマキナを労わることを忘れない。

「ほぐさないと」

マキナの後蕾を指で触れたアヌマーンの手首を取り、焦れて首を横に振った。

「いいっ、いいから、はやく……！」

受け入れたがる孔がやわらかく綻んでいるのがわかる。準備なんていらない。早く欲しい。

瞳を潤ませてねだるマキナの表情に、アヌマーンはこくりと息を呑んだ。内腿を撫でられ、開かせた脚を持ち上げられる。

「ん……、あ……、あっ、あ……！」

発情でとろとろに蕩けた後孔に、大ぶりの雄が割り込んでくる。

ほぐされてもいないのに、たっぷりとした蜜液が怒張に絡みつき、柔軟に男根を受け入れていく。

狭い肉筒を硬い肉の傘で押し広げられる淫らな圧迫感に、自然に唇が開いた。

「あ……、ああ……」

きつい締め上げに双眸を細めたアヌマーンが、開いた唇の隙間から舌を挿し入れた。

挿入の衝撃に痙攣する舌を慰めるようにやさしく撫でられ、嬉しくなって甘えて舌を舐め返す。

「すき……、すき……、アヌマーン……、あいしてる……」

アヌマーンはもつれる舌で愛の言葉を繰り返すマキナを、きつく抱きしめた。興奮を抑えきれないように、音を立てて腰を打ちつける。

「マキナ……、私の花嫁……！」

「やあっ、ぁぁあああっ！　あ――――……っ！」

これ以上ないほど太りきった雄がマキナの最奥を抉り抜き、子を孕む器官の入り口をこじ開けられて悲鳴を上げた。

そこに欲しい！

体が叫んでいる。熱い子種を飲み干したいと、口を開いて待っている。

「あ、あああっ、奥が……、奥にほしい……！」

狭道を掻き削りながら、剛棒が肉の輪を行き来する。

最奥まで填めたまま腰を回され肉棒で蜜壺《みつつぼ》をかき混ぜられれば、腹の奥も頭の中もぐちゃぐちゃに蕩けた。

「い、いく……、いく……っ！」

子種を搾り取ろうとマキナの肉壁がぎっちりと圧をかけた瞬間、無情にもアヌマーンの雄が引き抜かれる。

突然巨大な熱塊を失った後腔が、ぽっかりと口を開けたままびくびくと熟《う》んだ粘膜を震わせた。

「なんで……っ⁉　いまやめないで……！」

絶頂の手前で放り出された空虚さに、勝手に腰が前後に動いた。中途半端に昂らされ、切なすぎて啜り泣く。

早く熱を埋めて欲しくて、頭を打ち振るいながらアヌマーンに縋った。

「アヌマーン……！」

ほとんど暴れているマキナを抱きしめ、アヌマーンが耳に息を吹き込むように囁く。

「産んでくれるか？　私の子を……」

ひくっ、と体を震わせて動きを止めた。

間近で自分を覗き込むアヌマーンの双眸が、苦しげに細まった。マキナの瞳にわずかでも怯えがないか探るように。

怖いと言ったらしないのだろう。

やっぱり嫌だと言っても、怒らずに愛してくれるだろう。

でもアヌマーンが獣姿でマキナを愛したがっているのがわかる。それはきっと子孫を残したがるアルファの――――雄の本能だ。

そして自分も……。

「ほしい……」

ふつふつと、どこか深い部分から愛しさが湧き上がってきた。彼の男らしい荒々しい部分にも、紳士的なやさしい部分にもどうしようもなく惹かれてしまう。ライオンである彼もアヌマーンだから、すべて受け入れたい。

この人の子どもが欲しいと、生々しい欲求が盛り上がってくる。

きゅん、と下腹が引き攣《っ》れた。

「して……、アヌマーン」

自らアヌマーンの頭を抱き寄せ、舌を伸ばしてアヌマーンの口腔を味わった。ライオンに変わってしまったら、舌を絡めるキスはできないから。

唇が離れると、アヌマーンはもう一度マキナの全身に口づけてから体を起こした。

「この先は人の言葉をしゃべれないから……。愛している、マキナ」

ほほ笑んでから、ライオンに変わった。

変化する姿は何度見ても神秘的で、人々が神の化身と思うのも納得できる。

マキナを跨いで顔を寄せてきたライオンの首に腕を回して抱きしめ、頬に口づけた。長い鬣がふわふわしていて、マキナの大好きなライオンのアヌマーンだ。

「愛してるよ、アヌマーン」

囁けば、丸い耳が外側に向かってぴんぴんと跳ねた。

額と鼻筋をマキナの頬にすり寄せてくる仕草が愛しげで嬉しくなる。瞳を覗けば、人の姿のアヌマーンと同じ琥珀色が、マキナを見下ろしている。

ぐる……、とのどを鳴らしたライオンの体は大きくて、正面から抱き合えば胸の毛に埋もれて窒息してしまいそうだ。

「後ろからして」

獣とするなら、自分も獣の姿勢を取るしかない。

体を離したライオンの脚の間に、特殊な形状の雄茎が勃ち上がっているのが見えてどきりとした。

人より長い肉茎の先には、円錐《えんすい》状の亀頭。そして茎の部分には、逆向きの棘《とげ》のようなものがびっしりと並んでいる。

「あ……」

ぞくん！　と腰から背中に痺れが走った。

初めて見る、ライオンの興奮状態の男根。そこはすでにマキナの蜜液でいやらしく濡れている。さっきまでマキナの中にいたから。

棘の一本一本に蜜が絡んで滴り落ちそうなのが、準備はできていると言わんばかりだ。

アヌマーンが途中まで人の姿で挿入したのも、すべて獣姿で繋がるための前戯だったのだと理解する。

体が燃え上がった。あんな棘だらけの形状のものを挿れられたら怖いはずなのに、欲しくてたまらない。

「挿れて！」

両手両膝をついて、恥ずかしげもなく陰部をライオンの鼻先に突き出した。

奥を突かれたがった淫孔から、自分でもわかるほど蜜液が垂れ流れている。あの長い雄茎の先端で突き上げて、熱い子種を直接オメガの子宮口に流し込まれたい！

「アヌマーンの子ども、ほしい……！」

自然に欲求が口を衝いた。

のそり、とライオンがマキナの背に覆い被さる。小柄なマキナの体全体を覆ってしまう、大きな体。

横向きに首根を咥えられたときに柔肌に牙が食い込んで、目眩がするほど感じた。

「あぅ……」

硬く反り返った雄蕊が、自身の腹を叩く。

ふぁさりと頬にかかった鬣が愛しくて、震える唇でキスをした。獣と手は繋げないけれど、アヌマーンを感じたくて、マキナの頭の横についた前脚に手を重ねる。敷布に立てられた大きな鋭い爪を指先で撫でると、野性的な色香に興奮した。

ぬち……、と濡れた音を立てて、獣の陰茎の先端がマキナを抉り始める。自然に受け入れやすくなるよう、頭を下げて腰を高く掲げた。

「う……、あ、あぁ……」

棘の凹凸《おうとつ》が淫道を通るときは痛いだろうと思ったのに、粘度の高い蜜液のぬめりのおかげで快感しかない。

抽挿がなくとも、肉壁を削る棘が強い快感をもたらして、それだけで信じられないくらい気持ちがいい。彼のすべてを受け入れていると思うと、身の底から幸せが溢れてくる。

「い……、いい……、アヌマーン、すご、きもちい……」

だからオメガなのだ、と突然閃《ひらめ》いた。

強い発情で性交に対する積極性を強め、女性の愛液よりも多量の蜜液で自分を潤して獣をも受け入れる。アルファと対になる、オメガの性。

オメガはアルファのために産まれてきた。

でもいくら村のためでも、アヌマーン相手でなければこんなに幸せな気持ちでいられない。自分はアヌマーンのために産まれてきた。

発情期にしても唐突な昂りは、自分とアヌマーンが二人とも子が欲しいと強く思ったゆえに、感応しあったからなのだ。

「あ……、あああ……っ！」

納得すると、意識も体も、全部アヌマーンに吸い込まれていく気がした。

人間のときより長い雄が、マキナの最奥のさらに先をごつりと突き上げる。と同時に熱い飛《し》沫《ぶき》が広がった。

「ひぁうっ……！」

マキナの体が悦んで、渇いたのどを潤すようにアヌマーンの精を呑み込んだ。

連続して、熱い感覚が腹の奥に広がる。

「あああ、あぁぁ……っ」

種をつけられている。

アヌマーンの精がマキナの中に流れ込み、実を結べる場所を探している。自分の体が口を開いて、愛しい人の子種を導いたのがわかった。

形は獣との交尾なのに、アヌマーンと愛し合っている気しかしない。

「あいしてる……っ、アヌマーン、あいしてる……！」

何度も種をつけられ、体中全部アヌマーンの匂いに染まった。頭の中までアヌマーンしかいない。

ライオンの高い体温に包まれながら、のどが嗄《か》れるまで愛を叫び続けた。


気づけば、人の姿に戻ったアヌマーンの腕の中で髪を撫でられていた。

マキナの顔を覗き込むアヌマーンが幸せそうで、自分も嬉しくなってほほ笑んだ。

「体が辛くはないか。傷はついていないようだが、痛いところは？」

身じろぎすると、性交後の倦怠感《けんたいかん》は腰に残っているけれど、心地いい余韻でしかない。

「大丈夫。種、ついたかな」

「さあ、一度ではどうか……。もう嫌になったか？」

ほほ笑みの中に不安げな色を過《よ》ぎらせたアヌマーンを安心させたくて、両手で頬を挟んで口づけた。

「ライオンのアヌマーンも、ちゃんとアヌマーンだったから大丈夫。あのさ、こんなこと言ったら好きモノって思われるかもしれないけど……、どっちとするのも好きだよ」

アヌマーンの顔に嬉しげな笑みが広がる。

マキナを抱きしめて、顔中にキスを降らせた。

「ありがとう、マキナ。愛している。子どもは十人は欲しい」

「ちょ……、なんだよ、殺す気か！」

笑いながら、高い鼻に噛みついた。

二人でひとしきり笑って、幸せな未来の想像図に浸った。

「獣姿もいいが、もう一度普通に抱きたい」

「ん」

重なってくる唇を受け止めながら、自分の中に新しい生命が宿る予感を強く感じた。

Epilogue

「おーい、もう父さんと母さん来るから服着ろよ、アヌマーン」

マキナの育った村からいちばん近い町の宿の一室で、ライオン姿のアヌマーンは赤子の男児を背に乗せてあやしていた。

赤子はきゃっきゃっと喜んでライオンの背に跨り、鬣を引っ張って遊んでいる。

「ほら、アリーもおめかしするぞ。初めてじいちゃんとばあちゃんに会うんだからな」

アリーはアヌマーンとマキナの間に産まれた長子だ。

先日一歳の誕生日を迎え、イビドラでは国を挙げて盛大に祝いの祭りが開かれた。従属国からは山のような祝いの品が届けられ、特にマキナの故国であるヤハナンからは、ぜひ国へも来て欲しいと招待を受けた。

ヤハナン王の狙い通りになったことは業腹だが、国交が良好になるのは悪いことではない。里帰りもしたかったし、招待を受けてさっさとパーティーを切り上げ、マキナの村に向かった。

「これでおかしくないか」

人の姿に戻ったアヌマーンがやたら豪華な服を着ているので、眉を顰めた。

「どこのパーティーに行く気だよ、もっと質素な服でいいよ」

「いや、しかし、妻の両親に挨拶するのだから……」

「萎縮《いしゅく》しちゃうよ！　ただでさえアヌマーンは皇帝なんだから、村どころかヤハナン国民全員緊張してんだからな！」

里帰りは自分とアリーだけでするつもりでいた。皇帝の後継ぎに護衛がついてくるのは仕方ないが、アヌマーンまでついてくると言い張ったときは気が遠くなった。

本来なら村人どころか、ヤハナン国王でさえそうそう拝謁も叶わない人物である。

宗主国の皇帝が、いち村人に挨拶をしたいという。自分なりのけじめだというアヌマーンの律義さはありがたいが、両親の心臓が止まらなければいいが。

アヌマーンがついてくるならば、村へ姿を現すのは混乱を招く。仕方なく村からいちばん近い町の宿に、両親と弟のタムタムに来てもらうことにした。

「とにかく着替えて」

マキナが選んだ服を差し出すと、素直に手に取ったので安心した。

アヌマーンはマキナの家族をイビドラに呼び寄せて手厚く面倒をみたいと申し出てくれたが、両親はそんなことを望む人間ではない。ヤハナンと村を守ってくれれば充分だ。

あの村の景色と、そこに住む人々の暮らしは、なにものにも代えがたい大切なものだから。

アヌマーンがちょうど着替え終わったとき、付き添いで一緒に国に戻ってきたメイランが扉の向こうから声をかけた。

「アヌマーンさま、マキナさまのご家族さまがお見えになりました」

「入ってもらってくれ」

アヌマーンが返事をすると、メイランが音も立てずに扉を開けた。

扉の向こうに、二年ぶりに顔を見る愛しい家族が立っていた。両親はマキナの記憶より年老いて見え、タムタムは驚くほど背が伸びている。

「父さん、母さん！　タムタム……！」

「マキナ！」

両親は涙を流さんばかりに顔をくしゃくしゃに歪め、アリーを抱いたまま急ぎ足で近づいたマキナを抱擁した。

「ああ……、ああ、マキナ……、また会えるなんて……」

母はマキナに頬ずりをしながら、ひと筋涙を零した。

マキナも鼻の奥が滲《し》みて、泣き笑いのような表情で母の頬にキスをした。

「やだなぁ、母さん。すぐ里帰りするって言ったろ。ほら、な、おれの赤ちゃん。アリーっていうんだ、可愛いだろ。抱いてやってよ」

母は戸惑ったようにアヌマーンを見た。皇帝の後継に触れていいのか迷っているようだ。

アヌマーンは母に向かって小さく頷く。

「ご挨拶は後で。どうぞ抱いてやってください」

母は涙を零しながら、うやうやしく赤ん坊を受け取った。

マキナはアリーの頭を撫でながら、耳もとではっきりと言い聞かせる。

「ほら、アリー。ご挨拶練習してきただろ。ばーば、アリーです、は？」

アリーはご機嫌で、「ばーば、あいー」とおしゃべりをしながら、アヌマーンと同じ琥珀色の瞳で母を見て笑う。

ヤハナンに来る前から、マキナが言い聞かせて練習した言葉だ。

「なんて立派な……」

泣きながら笑う母の肩を、後ろから父がそっと抱く。人見知りしないアリーは、父に向かって「だっこ、だっこ」と手を伸ばした。

「父さんにも抱っこして欲しいんだって。こいつ本当に人見知りもしないし怖いもの知らずだから、目が離せなくて」

マキナが言うと、父は嬉しそうにアリーを抱き上げた。

「さすがは皇帝のお子だ、肝が据わっている。でもこの口もとなんて、おまえの赤ん坊の頃にもそっくりだよ。おまえはよく笑って人懐《ひとなつ》こくて、でも怒りだすと手がつけられなくてなぁ」

「あ、それはアリーも一緒だ」

懐かしい目をして笑う父の目尻に、やさしい皺が寄っている。孫を見る祖父の顔だな、と思った。

そしてマキナは、傍《かたわ》らに立って兄と両親の再会を眺めているタムタムに向き直った。

「久しぶりだな、タムタム。大きくなって兄ちゃん驚いたぞ」

二年前のタムタムなら、再会したとたん泣きながらマキナに抱きついていただろう。だが今目の前にいる弟は、泣きそうな顔をしながらもしっかりマキナを見つめて真《ま》っ直《す》ぐ立っている。

「オレ、兄ちゃんに言われたから。父ちゃんと母ちゃんを守れるくらい強くなるんだ。もう泣かない。だから兄ちゃん、心配すんな。兄ちゃんも外国行って心細いだろうけど、頑張れ」

胸を衝かれた。

あの泣き虫だったタムタムが、逆にマキナを慮《おもんぱか》ってくれるほどに成長している。

いつまでも守られるばかりの子どもではないのだなと、親のような気持ちで愛しい弟を見た。

それでも歯を喰いしばって瞳を潤ませるタムタムを抱きしめると、

「タムタム……」

「……っ、兄ちゃん！」

堰《せき》を切ったように号泣してマキナに抱きついてきた。

二年前よりぐっと背の高くなった弟の頭にキスをして、懐かしい匂いを嗅ぐ。太陽に灼《や》かれた髪の、故郷の匂い。

もう泣かないと言ったタムタムはまだ九歳で、そんな彼の幼さと決意を愛しく思う。

弟を抱く腕にギュッと力を込めたとき、タムタムが泣き濡れた顔を上げた。

「あれ、兄ちゃん、お腹《なか》……」

「あ、わかった？」

マキナはゆったりとした服を着ているけれど、その服の下では……。

「実は、もう二人目がお腹にいるんだよね」

タムタムも、アリーを抱いていた父と母も目を丸くした。

マキナは気恥ずかしくて鼻の頭を掻きながら、少し離れて立っていたアヌマーンに視線を移した。

「お、おれもアヌマーン……陛下も、子どもたくさん欲しいなって……。だからなんつーか、それで……、アリーにも兄弟早めに作ってあげたいし……」

妊娠から出産後しばらくはオメガの発情期は来ないものであるが、アリーが産まれて半年ほどで発情期が戻ってきた。あと三、四カ月もすれば次の子が産まれる計算である。

家族の再会を静かに見守ってくれていたアヌマーンは、両親に向かって深々と頭を下げた。

「ご挨拶が遅れて申し訳ありません。マキナを育ててくださって心から感謝しています。大切にすると約束します、遠い地に連れ去ることをお許しください」

皇帝とは思えない言葉と行動に、両親は慌てふためいて床に膝をついた。

「あ、あ、頭をお上げください、陛下……！」

「わたしどもこそ、ご挨拶もせず大変なご無礼を……！」

両親が卒倒してしまいそうで、マキナは父の腕からアリーを受け取ると、アヌマーンの肩に手を置いて上体を上げさせた。

「ありがとう」

従属国の村人だからと馬鹿にせず、きちんとマキナの両親として挨拶をしてくれるアヌマーンを、夫として誇らしく思った。言葉通り一生大切にしてくれるだろうと信じられる喜びはもちろん、両親を安心させてやれることがなによりありがたい。

アヌマーンは両親を促して立たせると、アリーを抱いたマキナを守るように抱き寄せた。

父と母は心から感激して、涙を浮かべながらアヌマーンに手を合わせた。

「わたしどもの大事な子を、どうぞよろしくお願いいたします、陛下」

「兄ちゃん、オレ字覚えたら手紙書くな」

タムタムの言葉に、マキナは笑って頷いた。

「おう、兄ちゃんも返事書く」

次にこの弟に会えるとき、どれほど大きくたくましくなっているかと想像すると、胸の奥が熱くなった。

部屋の入り口で控えていたメイランが、そっと声をかけてきた。

「昼食の用意が整っております。どうぞ皆さま、お食事をされながらご歓談くださいませ」

緊張で胸を押さえた両親を見て、アヌマーンはメイランに手を振って断った。

「私と一緒の食事など、ご両親は気が張ってしまって辛かろう。家族水入らずの話もあるだろうし、私は別室でいただくとしよう。最後にもう一度挨拶をさせてもらえればそれでいい」

では後で、とマキナの頬に唇を落とす甘やかさを見せて、アヌマーンは部屋を出ていった。

それを見送るタムタムが、頬を染めてポーッとしている。

「兄ちゃん……、皇帝さま、すっげえかっこいいな。オレもあんな男になりたい……」

堂々とした外見と礼儀正しい態度、妻に見せる大人の男らしい愛情表現は、初めて会った少年にも憧憬《しょうけい》の念を抱《いだ》かせるに充分なようだ。

「かっこいいだろ、おれの旦那さまは」

弟相手だから、マキナも惚気《のろけ》てみせる。アヌマーンのような男になって欲しいと思うから。

「な、村の話聞かせてよ。みんな元気にしてるか」

「あ、うん！　そうだ、村長の息子もこないだ結婚したんだぜ！」

「へえ、それはめでたいな。おめでとうって伝えといてくれな」

マキナがいなくても、村の風景は変わらない。けれど、みんなの生活を想うと自然に笑みが浮かんでくる。

故郷の想い出を胸にしまいながら、マキナは自分の新しい家族と人生への期待に胸を膨らませた。

獅子皇帝と愛しきものたち

——ライオン姿の自分を受け入れてくれる人間なんて、見つからないと思っていた。

可愛がっている仔ライオンのユンファの姿が見えない。

(また宮殿を抜け出したか)

アヌマーンはライオン姿になって、宮殿のバルコニーから後宮の庭を観察した。宮殿から後宮は人間の目では遠くて細部まではわからないが、ライオンに変化すればはっきり見通せる。まだ猫ほどの大きさしかないユンファは好奇心旺盛で、池や緑の多い後宮の庭で遊んでいることが多い。

だが後宮に囲うオメガたちは上流階級の出身ばかりで、愛玩用の動物以外は怖がるか嫌うかだ。一度怯えたオメガにユンファを蹴られそうになってから、できるだけ早めに発見して捕獲するようにしている。

後宮の庭に入れる男は皇帝であるアヌマーンだけなので、いつも自ら捕獲に向かう。

ライオンの目で後宮の庭を見渡していると、庭を散歩しているオメガ同士が鉢合わせしているのが見えた。

一人は先日後宮に入ったばかりのオメガである。とても美しい少年で、今夜アヌマーンと初めて謁見することになっている。繊細そうな顔をした少年は、前から来た女性オメガに丁寧に道を譲った。

ところが女性オメガは、少年の服の裾を踏んで転ばせたのだ。思わず眉を顰めた。彼女はアヌマーンには愛想がいいが、他のオメガに意地悪なことを知っている。

遠い外国に来て意地悪をされ、あの儚げな少年オメガは泣いてしまうかもしれない……と思ったとき、少年は意外な行動に出た。

勢いよく立ち上がったかと思うと、女性の行く手を遮るように目の前の壁を蹴り飛ばしたのだ。女性オメガも驚いていたようだが、アヌマーンも驚いた。

あの外見からは想像もつかぬ行動と気の強さ。少年がなにごとか吐き捨てて女性を後にするのを見ていたら、ライオン姿でありながら笑いそうになった。

――面白いオメガが入ってきたものだ。

今夜の謁見が楽しみだと、アヌマーンは心の中で呟いた。

そして夜、間近で見たマキナは遠目よりはるかに美しく、初めてのアルファを前に初病の症状を現しているのが可愛かった。

昼間の様子との違いに、とても興味を惹かれたものである。

次に見たマキナは、庭でユンファと遊び転げていた。服が汚れるのも気にせず、大きな口を開けて楽しそうに。

本当に普通の少年だった。こんな子は今まで自分の後宮にはいなかった。誰かをもっと知りたい、話をしてみたいと思ったのは初めてだ。

急いでユンファを捕まえに行き、なにげないふうを装ってマキナに話しかけた。後宮のオメガのくせに、アヌマーンより仔ライオンに興味津々《しんしん》のマキナが新鮮で楽しかった。

――この子なら、あるいはライオン姿の自分を愛してくれるのではないか？

打算も含めた淡い期待に、よりマキナに興味を持ったのは否定しない。体より、ゆっくり時間をかけて内面を知りたいと思っていたのに、マキナは薬で発情してしまった。

だがマキナを宥めた翌日に受け取った事後の手紙で、完全に心を射抜かれた。

常識に囚われない自由な発想と、真心のこもった独自の言葉選び。自分も心を込めたつもりではあったが、マキナの手紙を読んだ後では、通り一遍《いっぺん》のつまらぬ手紙しか書けない退屈な男だと頭を殴られた気さえした。

なんだこの子は。面白すぎる。もっとマキナを知りたい、自分のことを好きになって欲しい。むしろマキナにふさわしい男になりたいとさえ。

恋とはこういうものなのだ。

初めて知る感情に、年甲斐もなく胸をときめかせていた。

＊

「アリー、ライムンドにカミカミのおもちゃ持っていってあげて」

アヌマーンが居室に戻ったとき、ちょうどマキナがアリーに声をかけたところだった。

三歳になるアリーはライオン姿で、弟のライムンドにおもちゃを咥えて走っていった。マキナ手作りの、布を棒に巻いたものである。

ライムンドは一歳半。歯が生えてきてむず痒いらしく、ライオン姿でも人間の姿でも、なにかしら齧っていようとする。やっと完全に離乳し、マキナが乳首を噛まれる痛みから解放されてアヌマーンもホッとしているところだ。

アルファは一歳くらいから獣の姿に変化できるようになってくる。弟を可愛がるアリーがよく面倒を見るので、ライムンドはライオンに変化できるようになるのも早かった。

「マキナ、私が子どもたちを見ているから、その間に食事をしてくるといい」

「ありがと、腹ぺこぺこだったんだ」

マキナが食事を取りに部屋を出ていったのを確認して、アヌマーンはライオン姿になった。

足音も立てずライオンたちが遊ぶ一角へ足を向ける。視線の先には、二カ月前に仔を産んで母ライオンになったユンファと、仔ライオンたちがいる。

仔ライオンたちは、全部で四頭。

二頭がユンファの仔、そしてライオンに変化したアリーとライムンドである。ライムンドはユンファの仔らと同じくらい、アリーが若干大きいが、ライオンになればわずかな差だ。

四頭の仔ライオンたちは、床に寝そべるユンファの周りを追いかけっこして走り回り、じゃれついて甘噛みしたり、互いに顔を舐め合ったりして遊んでいる。

赤ちゃんライオンたちはあっちへコロコロ、こっちへコロコロ、毬のように転げていて片時も目を離せない。まるでアリーとライムンドも本物のライオンの兄弟のようだ。

仔ライオンたちはまだ先の細い尻尾をピンと立て、今はユンファの体によじ登ろうとしている。小さな体でしがみついているのは可愛らしいが、ユンファも疲れてしまうだろう。

「グゥ」

軽く唸って注意を促すと、アヌマーンに気づいた四頭は、ぴょんぴょん跳ねながら近づいてきた。

アヌマーンが立派な房つきの尻尾を左右に振ると、仔ライオンたちがこぞって飛びつこうとする。みな真剣な目で、左右の前脚で必死につかもうとするのが愛らしい。

尻尾めがけて飛びついた二頭がぶつかって、そのまま床の上で転がりながら遊び始めるのも可愛い。この姿で子どもたちと遊べることに幸せを感じる。

食事を終えたマキナが戻ってきたときには、

「あ、寝ちゃったんだ」

遊び疲れた子どもたちは、ユンファとアヌマーンに挟まれてすやすやと寝息を立てていた。

アリーとライムンドは人の姿に戻っている。人間の幼児と仔ライオンが寄り添って眠る姿は、獅子皇帝の司《つかさど》るこの国の未来の幸せな象徴に見えた。

「可愛いね」

ユンファと子どもたちを見るマキナのやさしい表情に、胸がきゅんと疼いた。

「おまえも可愛い」

マキナは目の縁をうっすら赤く染めてアヌマーンを軽く睨む。

「二人も産んでんのに今さら可愛いとかねえだろ」

本気で言っているのだが。子どもを二人産んでも、マキナは変わらず美しく可愛らしい。いや、ますます美しくなっていると思う。

「いつもベッドの中でも可愛いと言っているのに、信じてくれていないのか」

マキナは真っ赤になって、アヌマーンの胸を殴る。

「ばかっ！　やらしいんだよ、アヌマーンは！」

「男はみんなそうだ」

殴ってきた手を逆に引き寄せ、マキナを抱きしめる。

熱く口づければ、腕の中のしなやかな体はすぐに蕩けて舌を絡めてきた。

「欲しい、マキナ……」

囁くと、マキナは顔を赤くしたまま体重を預けてくる。そのまま抱き上げ、隣の部屋に移動した。

子どもたちが起きてしまう前にと、急いで互いの着ているものを剥いで裸で抱き合う。この忙《せわ》しなさがより求め合っているようで、余計に燃え上がる。

「アヌマーン……、あっ……、はやく……」

部屋にオメガの蜜液の甘い香りが漂う。アルファの理性を根こそぎ焼き尽くす誘惑香が。

大胆にアヌマーンの腰に脚を絡めたマキナの後蕾を指で探れば、そこは熱く潤んで男根を欲しがっていた。

「もうやわらかく綻んでいるぞ」

「だって……」

焦らすつもりはない。子どもたちが寝ている間だけという時間的な制約もあるが、愛しい伴《はん》侶《りょ》が自分を欲しがってくれているのに、待たせたりしたくない。

「愛している、マキナ……」

ぬかるんだ後蕾に、すでに昂りきった自身を埋めていく。

「あ……、あ、あ、あ――――……っ、お、おれ、も……、あいしてる……っ」

律動を刻むと、高い声を上げそうになったマキナが慌てて自分の唇を手で覆う。

大きな声を出さないように耐える姿が、アヌマーンの情欲を煽り立てる。

「可愛い……、マキナ、可愛い……」

アヌマーンに抱きついていたマキナが、切れ切れに声を絞り出した。

「ね……、そろそろ、つぎの、こども……、ほしい……」

「いいのか？　辛くないか？」

アリーの授乳期が終わる頃にライムンドが生まれ、マキナの休まる暇がなかった。だから次の子は少し間を開けようと、二人で決めていたのだ。

けれど子が欲しいと思うのは男の、アルファの本能。マキナから許しが出たことに歓喜している自分がいる。

「十人作るんだろ」

笑ってアヌマーンの頬を撫でたマキナが愛しくて、深く口づけてからライオンに変化した。

マキナが両腕を差し伸べて、ライオン姿のアヌマーンを抱きしめる。

愛されている、と強く感じた。

息子たちが大人になったときは伝えてやろう。

――どんな姿でも受け入れてくれる愛しい人が、きっと見つかると。

あとがき

このたびは『獅子皇帝とオメガの寵花』をお手に取ってくださり、ありがとうございました。ダリア文庫さまでは二冊目の本になります。私のBLの本としては十五冊目でしょうか。前回は十冊目だったので、区切りのいいタイミングで書かせていただけてご縁を感じます。

さて、今作はここのところ続けて書かせていただいているオメガバースものですが、今回は憧れの砂漠舞台！　そしてライオン！

一度は書きたかった設定です。熱砂の皇帝で獅子のように強く美しい攻め。そして宝石のような美貌の受け。

舞台も皇帝らしく後宮です。

オメガバースで砂漠で後宮ものといったら監禁凌辱かしら、受けが可哀想なのは嫌だわ……とお思いの方、ご安心を！

アラブ系攻めは横暴で受けを支配しようとする、というのも鉄板で大好きですが、今回のアヌマーンは大人で気遣いのできるやさしい攻めにしました。受けのマキナも仔ライオンも可愛がっちゃう、溺愛系の皇帝です。

マキナは私のキャラにしては珍しく、喧嘩っ早くて口も悪い、気の強い受け。飛び抜けた美貌で気の強い子、主役のお友達ではよく出すんですが、そういうタイプを主役に据えて書くのは初めてかもしれません。書いていて楽しかったです。

俺様傲慢攻め×気の強い受けだと、濡れ場が大変な修羅場になってしまいそうですね。溺愛攻めにしてよかったです。マキナも安心したことでしょう。というわけで、ラブシーンはなかなかに甘々エロスだと思います。

そんな二人を、羽純ハナ先生が素敵なビジュアルで描いてくださっています。

羽純先生、お忙しい中挿絵をお引き受けくださり、ありがとうございました。いつか先生とお仕事ご一緒できたらなと密かに思っていたので、今回ご縁をいただけて嬉しいです。キャララフを拝見したとき、アヌマーンのあまりのかっこよさに変な声が出ました！　羽純先生の褐色肌の攻めが見たい！　という個人的な欲望のままにキャラ設定してよかったです。マキナの繊細な美貌も見事に表現してくださり、実物の本を手に取るのが楽しみです。

担当さま、いつも褒めて励ましてくださってありがとうございます。素晴らしい設定資料を作ってくださり、感激しました。特に仔ライオンの写真、可愛くて転げました……！　メールの文章がいつも好意とやさしさに溢れていて、安心してお仕事ができました。どうぞこれからもよろしくお願い致します。

そして読者さま。私がこうして作品を書かせていただけるのも、お手に取ってくださる皆さまのおかげです。

お手紙で、ツイッターで、買い支えることで応援してくださり、私は書かせていただけています。心からの感謝を捧げます。

皆さまのBLライフに楽しい時間をお届けできるよう、これからも頑張ります。よかったら、ひと言なりとご感想をお聞かせください。

ツイッターもやっていますので、お気軽にお声をおかけくださいませ。

また、他にもいろいろと設定を変えてオメガバースものを書かせていただいているので、本作でご興味を持っていただけたら、ぜひ他の本もお手に取っていただけると嬉しいです。

次の本でもお会いできますように。

かわい恋

Twitter:@kawaiko_love

私の妄想
メイラン…!
こういうキャラクター
大好きです!♡♡

アリーは お父さん似の
ちびライオン?
肌の色は?
気になってしかたありません〜〜♡♡

Hasumi Hana

初出一覧

獅子皇帝とオメガの寵花	書き下ろし
獅子皇帝と愛しきものたち	書き下ろし
あとがき	書き下ろし

ダリア文庫をお買い上げいただきましてありがとうございます。
この本を読んでのご意見・ご感想・ファンレターをお待ちしております。

〒170-0013 東京都豊島区東池袋3-22-17　東池袋セントラルプレイス5F
(株)フロンティアワークス　ダリア編集部
感想係、または「かわい恋先生」「羽純ハナ先生」係

獅子皇帝とオメガの寵花

2019年3月20日　第一刷発行

著　者

かわい恋

発行者

辻 政英

発行所

株式会社フロンティアワークス
〒170-0013 東京都豊島区東池袋3-22-17
東池袋セントラルプレイス5F
営業　TEL 03-5957-1030
編集　TEL 03-5957-1044
http://www.fwinc.jp/daria/

印刷所

中央精版印刷株式会社